U0045086

匿名告白

竹攸　著

好評推薦

如果竹攸的文字是一片海，那麼這片海一生中最光榮的事，大概就是能反射我們每個人青春裡最深刻入骨的膽怯與遺憾。

——文藝微痛系少女作家　沾零

彷彿能夠在這個故事裡，看到那個不夠勇敢的十六歲的自己。那段不能重來的時光，滿溢的酸甜苦澀，留下了無法忘卻的滋味。

——匿名讀者A

總是可以在竹攸的字裡行間看見青春最珍貴的模樣，看完這本小說，好想跟十六歲的自己大喊：「勇敢一點～加油～」

——匿名讀者B

目次

楔子　突然，好想你。

你還記得嗎？

那個時候懵懂的我們，還有打打鬧鬧中領會不了的曖昧。人家都說粉紅色最配藍色，可是當全校的男生女生都穿著藍色的、粉紅色的襯衫，為什麼我卻只能記得你喜歡鬆鬆垮垮的掛著深藍色領帶？當然，甚至還記著你每一次、每一次搶走我的紅色蝴蝶結。

有關你的一切，我真的全部都記得。

「喂！你給我過來喔！」

「才不要！妳想搶回去就來追啊！」

下課鐘剛響，一個小男生從教室裡衝了出來，經過我的時候還回頭對小女生做了個鬼臉，而他手上是一個紅色蝴蝶結，就像十六歲的我們，無憂無慮的追逐。

像風一般，一藍一粉的身影在樓梯口消失。

「他們是不是在交往啊？」

「你也這樣覺得對吧！早就覺得他們太曖昧了啊！」

「不如我們去跟班上說？」

「好啊好啊，糗死他們！」

可是，十六歲終究不是可以負荷愛情的年紀，在意的事情總是放在錯誤之上，真正應該注意的卻忽略了……也許跟我自己太過遲鈍有關係吧，你又太過聰明。

穿著制服的愛情，要說是種憧憬，更像是種禁忌，因為伴隨著束縛，所以會產生害怕，害怕之後學會了猜測，卻沒有學會理智，糊里糊塗的亂猜之後，也沒有猜到自己會不會受傷，受傷了也不記得要療傷，一而再、再而三，用自以為的答案割傷自己，還要時間讓傷口結疤。

時間就是這世界上最不可思議的丹藥，等自己有勇氣淡然面對的時候，才發現再也回不去了。我甚至不知道你的去向、你的近況，還有你現在找到幸福了沒有。

鬼使神差的，我回到這個我一直不敢回來的地方，踏進不敢踏進的校門，甚至去逛過所有留下我們影子的角落，去見見那些跟我們有相同記憶的人。

像現在，心底平靜得像微風，吹過回憶也輕輕柔柔、不聲不響。

我不痛了，你呢？

「報告。」

「請進……哎！這不是孟曉語嗎？」

我笑了，班導師除了多了幾根斑白的髮絲，其餘依舊，就是這種物是人也是的重逢，才更讓人懷念。「老師好。」

「好久不見！長大了啊！」班導師笑著拉我坐下，還向旁邊幾雙盯著我的眼睛介紹。「你們幾個，快叫學姐啊！」

「學姐好！」

「嗨！」我有些難為情，這樣年輕的活力，除了讓我看見十六歲的自己之外，可能什麼也沒有剩下了。

「妳現在應該大學畢業了吧？」上課鐘響，支開了幾個小朋友，班導師還給我倒了杯茶。

「嗯，前幾天畢業的，想說終於擺脫了學生的身分，回來想想自己到底怎麼熬過來的。」我雙手握住杯子，以杯就口，鼻間舌尖全是茶香，手心也溫溫熱熱的，這種感覺真好，就像回家一樣。

「說得好像被我虐待一樣。」班導師也許看我依舊是小女孩，伸手就往我額頭上一推。「但妳那時候突然瘋了似的念書，本來愛笑的都不笑了，真讓人擔心。」

看著班導師的表情，我卻只能苦笑。「現在不這樣了，那時候壓力太大了嘛。」

「不這樣就好了，妳就是老喜歡把事情壓在心底，又喜歡給自己很高的標準。」

所以說長輩總是可以看透年輕人的心，何況是一個在學校裡照顧自己三年的「母親」。

課業壓力只是一種藉口，一種為了麻痺自己而裝作忙碌的表象。

「現在畢業了，有想過做什麼工作嗎？」

「繼續寫小說？想做自己有興趣的事情。」我看著班導師又是點頭又是微笑的，繼續說了下去。「以前不是老說自己想當老師嗎？但是沒去修教育學程，用自己的專長去補習班當作文老師了。」

「還以為妳會繼續練琴的。」

「琴當然還在練啊，也接了幾個學生在教。」

其實有時候，身體會不自覺地去堅持那些心裡最想忘記的東西。對音樂的熱愛，或許不能因為蒙上了一個人的陰影而從此抹去，因為那種悸動不一樣，愛的種類也不一樣。

「妳一直是很能計畫自己未來的孩子，當其他同學都還搞不清楚自己想要什麼的時候，妳就已經在為夢想努力了。」班導師的語重心長，在這當下只讓我感嘆自己的早熟。

「現在也是啊，一個夢想達到之後就會產生更大的夢想。」青春期的我，當然跟同學一樣會徬徨，可是徬徨的不是自己的未來，而是為了夢想我該走哪一條路才對。「不過我發現我還是只適合自由自在呢。」

彈性的工作、彈性的時間運用，想做什麼就做什麼。

「這也是我覺得妳最不理性的地方。」

我還是笑了，除了笑，我還能做什麼呢？就像赤裸裸的站著，被人看光光的感覺。「我不覺得哪裡不好，只要過得開心，只要養活自己就好啦。」

「是啦，開心就好。」班導師點點頭。「對了，妳要不要去把你們以前在學校後面埋的時空膠囊挖出來？之前你們班有辦個同學會，為了回來挖那個時空膠囊，但是幾個沒來的沒挖出來，還埋在那裡呢。」說著，班導師從櫥櫃裡拿出一個小鏟子。

我拿著小鏟子，不知如何是好。心裡又開始滿了起來，為什麼不能像午休之後的走廊，空空蕩蕩呢？我知道那年我寫了什麼，根本不是什麼期許，就只是埋下了一股衝動。

現在想起來還真是……

腳步不知不覺的停了下來，我愣在了原地。

鋼琴聲？

這首歌我認得，是〈他約我去迪士尼〉——其實在高中畢業之後很久才無意間知道了這首歌的名字，因為我一直都只聽過前奏而已，但只是前奏，就夠讓人印象深刻。

或許這樣簡單的甜蜜才更吸引我吧。再次踏出步伐，我卻不是往學校後面走去，反而上了樓，去找回憶最多的音樂教室。

鋼琴聲隨著我的靠近而漸漸清晰，音符在空氣中舞動，僵硬了我的視線——

「這是什麼歌啊？」

「我也不知道耶，我哥就那樣直接教我，我記位置彈的。」

「是喔，那等你問到歌名的時候跟我說好不好？」

「好啊！」

回憶的身影在我眼前並肩，鋼琴聲卻實實在在的傳到我耳裡……

五之五、五之六

總是不喜歡這樣被孤立的感覺，特別明明都是新生，可是身邊的同學好像都認識的時候。

從鄉下到都市裡念書，就像是從一個國家搬到另一個國家似的，儘管語言沒有不通，卻相礙於生活方式的牆。即使什麼都不做，也會覺得好像有那麼一點不一樣。

空氣灰了一點，天空也灰了一點；星星暗了一點，連心也暗了一點。

當每個星系亂哄哄的時候，只有我的世界安靜。所以我翻了翻新課本，其實根本無心於內容，就只單純的翻翻看看，好認清自己現在身在何處、該做什麼、什麼身分。

我含了一口牛奶。果然這時候還是吃東西才感到幸福……

「嘿！」肩上被人拍了一下，我轉過頭，是我往後幾年都忘不了的笑容……當然，這是後話。

我沒有出聲，只是看著他。或許是因為陌生的環境、或許是個性使然，我覺得這樣的反應再好不過。

「妳生活雜記有寫吧？」

「嗯。」

我點點頭，而他依舊保持著那張笑容，眼睛裡卻有更多的不明，但這不明很快就破解了。「借我看好不好？」

我不明就裡，但還是將自己的雜記本遞了出去。敢情是待會兒就要交了，這人卻還沒寫半個字吧。轉回正面，我知道寫東西的時候盯著別人看不好，索性轉回去繼續翻我的新課本。

「孟曉語。」

「嗯？」聽到身後的叫喚，我又回過頭，看見他拿著我的雜記本，卻感覺還沒翻開。

「名字挺好聽的。」他將手上的雜記本搖了搖，我的名字跟著瞭然晃在眼前。

我輕笑。「謝謝，但我還不知道你的名字。」

他挑了挑眉，拿起筆，低頭就開始書寫自己空白的雜記本，似乎沒打算回答我的樣子。我倒是覺得無所謂，反正早知道晚知道，都是要知道的，才不在乎這一點點時間，還有這一點點覺得不禮貌的瞬間。

他寫他的雜記，我繼續看我的課本，就這樣不知道過了多久，把我的思緒拉回現實的，是肩上突然多了的微微重量。轉頭，掉落了兩本雜記，一本是我的，另一本……

「彭詩彥……」我看了看名字，回頭看著那個坐在我後面的男生。「是你的？」

他點點頭。「我都看過了妳的雜記，禮尚往來，我的也給妳看吧。」

我笑，將他雜記上的灰塵拍掉。「你名字也挺好的。」

「當然，我爸爸取的呢。」

瞧他得意的樣子。我沒回應他，逕自翻開了他的雜記。是他說的，禮尚往來。

我側著坐在椅子上，而臉側傳來的奇妙感覺我並不是沒有察覺，就是一雙眼睛盯著自己那樣的不自在，又或者說是盯著我手上這本不屬於我的雜記吧。

雜記並不是很長，我讀完了，轉頭看向他，他倒是沒有閃躲我的眼神。

「還可以吧？」他問。

「兩個錯字，」我點點頭。看著他突然緊張的神色，腦子裡想起不久前他得意的模樣，一笑。「再見的『再』，不是在不在的『在』。」

「啊！」他抽走了雜記本，迅速塗改著。「謝啦，曉語同學。」

「噗，不客氣，詩彥同學。」我笑著轉回去。

笑，大概是因為覺得跟新同學的初次交流還不錯吧。

那個時候我可能還沒學會想得太多，笑容純粹是慶祝新的生活、新的友誼、新的空氣、新的自己，每個人都無法預知自己的未來，也看不見明天的變數，時間依舊一步一步的往前走，我們會遇到一個又一個的選擇題，不同的答案帶自己到達不一樣的結果，然後又是新的問題等著自己解決。

年幼的我，還不知道這個人會帶給自己的生活多少未知與變數。

沒多久，老師走進教室，一開口便要收雜記本，同學們紛紛起身，我自然也跟著站了起來，眼前卻突然出現一隻手。我抬眼，看向他——彭詩彥。

還是那個笑容。「妳幫我找了錯字，我幫妳交吧。」

「沒關係，我……」

「不用謝。」

我低頭看了看空了的手，又看了看他走到台前的背影，慢慢的坐回位子上。他是好人，至少我目前為止的認知是這樣。

他走了回來，調皮的對我彎下腰做了個童子軍禮，智仁勇三根手指放在額邊。「任務完成！」

我笑。原來跟同學混熟也不是難事啊。

「喂！五之五、五之六那兩個，上課不要玩好嗎？」班長的聲音在台上響起，他指著我們兩個，口氣雖是嚴肅的，表情卻寫滿了害羞。

也是啦，上課第一天就要這樣兇還不認識的同學，不怪他。

教室回歸寧靜，我環顧這塞滿四十多人的小小空間，不禁莞爾，都市就是這樣，房子塞、車子擠，連教室座位都可以這麼靠近。

我在第五排第五個位子，坐在我後面第五排第六個的有彭詩彥。

轉頭，我對著他聳聳肩，他做了個鬼臉。

「彭詩彥你怎麼這麼快就跟人家混熟了？」坐在我右後方一個頗為男孩子氣的女孩帶著損人的語氣說話，卻放出友善的眼神。「孟曉語我跟妳說啊，這傢伙別招惹，他不是好東西。」

「喂，妳幹嘛抹黑我？」

「我只是陳述事實。」

我看著他們壓著氣音鬥嘴，並沒有加入，純粹震驚於那女孩知道我的名字。「你們認識很久了嗎？」

不知道是因為我說話，還是因為他們早就安靜下來，剛剛鬥嘴的兩人突然相視而笑，接著女孩朝我伸出手。「我叫桃于佳。」

「叫她桃子就可以了！」

「你才是澎澎洗髮精！」

「那是沐浴乳！」

我笑了笑，打算「勸架」。「那個，于佳……」

「四之六、五之五、五之六，話太多了是不是？下課後來辦公室找我！」我話都還沒說出個頭，就被老師從遠處講台的大吼給震住。

我坐正，盯著課本卻笑了出來，後面兩個人還在低低的互相推卸責任，當然，是在壓低聲音的情況下。我開始羨慕這樣的友情，畢竟長那麼大，還從來沒有一個人可以跟我這樣隨意打鬧，就算認識很久的，也都會保持著一個微妙的距離，像是一道玻璃牆，又像是兩條曾經有過交集的直線……

很多人都拿平行線當舉例，拿來比喻兩個不同世界的人，可是相交線的悲哀又有誰看得到？因為過了交集點之後，就是漸行漸遠。可是這樣的一個交點，卻又彌足珍貴，等過了之後就會無限懷念，就像當時的我根本無法想像幾年之後，也不會知道我跟他的線，到底是直的，還是曲折的。

不過以後的事情以後再說，至少在他走進我生命中的第一個交點，就是這裡。

座前座後，一張課桌的曖昧距離。

我可以這樣叫妳嗎？

為了升學考試而選擇跨學區就讀，付出的代價就是必須比別人早半個小時起床、早半個小時出門、花一個小時坐車、早半個小時到校，別人可以好好的坐在早餐店裡享用食物，而我得一邊背著單字，一邊啃著三明治，然後昏睡在空蕩蕩的教室，等早自習的鐘聲響起，再渾渾噩噩的面對上課考試。

日復一日、又復一日……

就像現在，我拿著國文課本，看著那些古文複雜的解釋，用混沌的腦袋將它融會貫通，稍早的時候為了趕車而沒有買早餐，沒有食物的鼓勵，一點精神都沒有。

天還矇矇亮呢，似暗非暗的天色就好像現在的心情，雖然不煩躁但也不平靜。我放下手上的課本，無力的看著天空，剛剛甦醒的大地，好像只有我這裡忙碌而已。

「下一站……」

其實下一站停不停、有沒有乘客都不關我的事，還是收回自己亂飄的視線，專心課本……等一下，那不是……

彭詩彥？

「孟曉語？」

其實很多愛情故事都是在公車上邂逅，可是大部分在當下都只會當作一般的巧遇，特別是在車上遇到同班同學的時候。

「早安。」他坐到我身邊的空位，熱情的跟我打招呼。

「早……」我看著他拿出英文課本，心裡冒出疑問。「今天早上不是考國文嗎？」

「比起那個，我更喜歡念英文。」他看起來很有精神，不像我滿滿的睡意。

我把視線放回國文課本上，上面密密麻麻的筆記早就成了另一個星球的文字，即使眼睛還是盯著它，卻再也無心背下，腦袋裡裝著空白的顏色，下意識的往窗外看去——微微出頭的太陽，灑在臉上暖暖的光線，還有突然明亮起來的心情。

其實我想過轉頭看看他，卻提不起足夠的勇氣，或許是不想打擾他念書，或許是還不熟識，或許……還有其他。只是我還沒有聰明到那種程度，猜不到除了心情好之外還有什麼想法，單純的覺得這樣跟他並肩坐在一起，就像得到了半日閒適的餘裕。

「孟曉語？」

等到再醒來，他的笑容闖進我的眼簾，他拍了拍我，將國文課本重新放到我手上，而我還稿不清楚狀況，甚至連自己睡著了都不知道。「嗯？」

「快到站了。」他先站了起來伸手按住下車鈴，看起來是要等我一起下車的樣子。

簡單收拾了書包，我才剛站起來，車子一個急煞害我又跌回椅子上。

「哈哈哈，沒事吧？」他把我拉了起來，詢問我的語氣雖然帶著關心，可是臉上的笑容卻有一些幸災樂禍。

我搖搖頭，背起書包就往開了的車門走下去。不是我感到丟臉，也不是我害羞，而是有更多的懊惱。其實根本不用那麼急著站起來的，等車停了再走也可以，我只是純粹不想讓他等。

只此，而已。

我想是個性使然，我不喜歡麻煩人、不喜歡讓人等、不喜歡被幫助。也不知道是什麼時候開始認為在這個世界對人釋出善意之前，先關心人的就是傻瓜，所以孤立自己似乎成了一種最自在的方法。不求助於人就不會欠人情，不欠人情就不會建立起友情，沒有友情就不會放太多感情，沒有太多感情就不會不小心傷害別人的心，不傷別人的心就沒有離情，沒有離情就沒有必要對周遭有所感觸。

活在自己的蝸牛殼裡，我的世界只有我一個人。

看著漸漸走近的校門，我停了下來。「那個、我要去買早餐，你先進去吧。」

走在我身邊的他也停了下來，從英文單字裡抬起頭。「對喔，我也還沒吃，一起去買吧。」

「好。」真是久違的感覺，多久了，沒有人跟我一起做些什麼事情，就算只是渺小的買早餐。

「妳不說我還沒想到呢，肚子很餓。」他大步走進早餐店，熟練的抽出菜單。「妳要吃什麼？」

「培根蛋餅，」我低頭翻找著自己的錢包，並沒有看菜單，只是很習慣的說出最喜歡吃的東西。

「還有一杯檸檬紅茶。」

數剛好了零錢，我抬頭卻看見他一張驚訝的臉皮，喔不，是表情。「怎、怎麼了？」

他搖頭，笑著將菜單放回去。「老闆娘，我要兩份培根蛋餅，還有……」

其實吃一樣的東西並沒有什麼稀奇，早餐店也不過就那幾種，只是我忘了我飲料要……

「兩杯檸檬紅茶都去冰！」

我愣住了，看著他，而他只是朝我伸出手。

見我還沒反應過來，他直接把我手上的零錢拿走。「我可沒錢多請妳那一份喔。」說完又笑得跟早上看見我跌倒一樣。「開玩笑的啦，不要在意。」

我是沒在意他開我玩笑，只是還沒追上他轉移話題的速度。

「我跟妳說喔，超巧的，我剛剛才想要點培根蛋餅，結果妳就說出口了，」等待的時候，他說起剛才的情形，語氣與表情有著我沒看過的興奮。「更巧的是妳剛剛點檸檬紅茶，妳也喜歡喝酸的嗎？」

「嗯。」我笑著點頭，但其實我覺得最不可思議的是他說「檸檬紅茶去冰」的時候。

「但是我自作主張幫妳的飲料去冰了，沒關係吧？」

看著他臉上的歉意，我再次默默的感嘆他表情的變幻多端。「沒關係，我本來想跟你說的，結果你已經幫我講好了。」

「所以我們喜歡的東西根本就一樣啊！哈哈哈，總覺得妳這個朋友我不得不交了。」他拍了拍我的肩膀，好像發現了一個寶。

那時候的我還有那個信心說自己是他發現的寶，但等過幾年回首，才發現他那只是找到了一面鏡子，剛好反映了他的可愛。

「孟曉語，吶，妳的。」早餐做好了，老闆娘貼心的幫我們裝在一起，他卻把自己的那一份拿了出來，袋子則給我裝著。

「謝謝。」接過早餐，我轉身繼續往校門走去，而他跟著。

朋友。都多久了，早就習慣一個人，朋友這個詞好像很久沒有聽到，竟然有一種怦然。身邊這個人，這個人臉上的笑容，笑容之中不吝嗇的善意，善意是對我釋出的嗎？不習慣，真的不習慣！是不是我孤單太久，也開始渴望這樣的友誼？

走進教室，還沒有多少人，空蕩蕩的教室只有三三兩兩同學趴在桌上。我拿出雜記本準備要交，才剛拿出來就被抽走，抬頭，是彭詩彥那張讓人無法拒絕的笑容。

「謝謝。」總覺得這樣被動地接受他的幫忙，我只能一直說謝謝的感覺很難為情。我不喜歡這樣，卻不忍心對他說一個「不」字。

「順便的，不要謝。」他走到講台前把雜記本放好，途中跟幾個同學打了招呼。

我想他的好人氣就是這樣陽光的個性建立起來的，要說羨慕，還真的有那麼幾分。

拆開裝早餐的盒子，我才剛想要安安靜靜的享用這令人振奮的香氣，一抹影子閃到我面前，桌上瞬間又多了一個盒子，還有一雙快速開盒子的手。

彭詩彥坐到我前面的位子上，轉過來似乎想跟我一起吃早餐。

「你坐在那邊，等下那個同學來了怎麼辦？」

「現在還早啦！」他笑了笑，把我跟他的檸檬紅茶都插上吸管。「好朋友第一件事情就是要一起吃早餐！」

好朋友……一個早上的接連巧合，已經可以讓我們從不熟的同學發展到朋友，再到一起吃早餐的好朋友了嗎？

「對了，曉語。」

我抬頭，看著他低著頭咬吸管的樣子。「嗯？」

「曉語，我可以這樣叫妳嗎？」

是「曉語」，不是「孟曉語」。

不然，我陪妳吧。

填鴨式的教育中，似乎少不了更多的競爭心態。沒有特別專長的普通高中生，能做的好像除了念書就只能念書了，每個學生腳步匆匆，彷彿前方有什麼目標等著達成，卻沒有幾個人能夠真正看清那目標的背後有沒有吸引人的獎品，或者那個目標是不是自己想要的？老師說的、父母說的、課本要求的、上課教的，到底哪個是自己說的？

也許成年以後，出了社會，這些目標都將不會出現在人生的選擇題裡，因為這根本不是題目，而是正確答案。

「一個人在這邊發什麼呆？」是于佳，雙手交疊在欄杆上，一手還拿著礦泉水，雙眼看著我剛剛看著的方向。

「沒什麼啊，就只是剛剛那個小考不及格而已。」我轉身靠在欄杆上，面對人群來來往往的走廊。

「學長姐他們都說習慣就好了。」

「不過習慣不及格好像不是什麼好事。」

「是沒錯……」她將水瓶遞給我。「但是不管妳願不願意，到最後都會麻木的。」

到最後都會麻木的。因為這只是一個必然的過程，所以根本沒有必要去在意，也根本不用為了這一點事情去感嘆什麼。

我低頭看著手上的水瓶，身後的陽光映在水裡的光彩迷人。肩上多了一股重量，我轉過頭去看，她只是輕輕柔柔的拍了拍我。「現在還有精神想這些，倒不如抓緊時間把明天的科目看完吧。」

她沒有拿走我手上的水瓶，反而瀟灑的丟給我一個背影，還有一句話：「幫我拿去體育館給彭詩彥！」

啊，我都忘了，這兩節課會空出來是因為要選社團，而我竟拿來發呆了，現在想想都有點浪費，畢竟社團活動時間，本來就是給我們放鬆用的。

我慢慢的走在往體育館的路上，期間經過了很多正在招生的社團，也停下來很多次，卻一直沒有真正能夠吸引我的，也許是因為我太清楚知道自己要什麼，反而對什麼都不感興趣了。

「嗨，曉語！」打斷我胡思亂想的是我一直覺得很好聽的聲音，一如往常的在聲線上曬了太陽似的閃閃發光。

如果我是一片海，那麼一生中最光榮的事情大概就是能夠反射他這一聲呼喚。「嗨！」

「妳怎麼會來？」他一身運動服，快步跑到我面前，額邊的汗水彷彿說明著剛剛在球場上的熱血廝殺。

我搖了搖手上的水瓶，輕笑。「于佳要我幫你送來這個。」

他接過水瓶，滿臉無奈的笑意。「那顆桃子就是這麼懶。」

環顧整個體育館，除了幾個球類社團在活動之外，不外乎還看到角落三三兩兩的女孩們，時而尖叫著某個球員的名字，時而抱在一起笑得燦爛，眼裡滿滿的少女情懷。

「你是哪個社團的啊？」

「妳還沒選社團嗎？」

幾乎同時，我們出聲問彼此問題，緊接下一秒看著對方笑了出來。

「其實我還沒選，只是每個社團都先試玩看看。」他輕鬆的說著，即使沒有人示意誰先說誰後說。「妳呢？」

「我也還沒，感覺沒有一個特別吸引我的。」我抬眼，剛好對上他的視線，不知道為什麼突然覺得很美好。大概是因為他身後的陽光，大概是我出了幻覺，以為自己看見了天使……一個表情有點傻愣愣的天使。「彭詩彥？」

「……啊？」他看起來有些慌張，東張西望的。「妳等我一下喔。」

「喔。」我看著他跑到另一邊的看台，拿起自己的東西一副要走，跟場上的人打了招呼就往我這裡走來。

「走吧。」

「去哪？」

我不明所以，他卻給我一個微笑。「去逛逛啊，我們不是都還沒有選社團嗎？」

邁開腳步，鬼使神差的。那時候我不知道一直吸引自己的其實就是眼前的人，好像他在哪裡，而我就會想要在哪裡。我想，我是喜歡這樣安安靜靜並肩的感覺，有點愜意，也許還有一點點當時沒有察覺到的模糊粉色。

「妳的興趣是什麼啊？」

「嗯……」即使心底早已有了答案，我還是猶豫了一下，畢竟放眼望去根本沒有一個社團是跟我自己興趣相投的。「音樂。」

其實打球、跑步或者畫畫、跳舞我都很有興趣，唯有音樂真的熱愛到了骨子裡。

「音樂？」他指著前面不遠的熱音社和吉他社。「那個呢？」

我搖搖頭，因為我並沒有很擅長流行樂。

「那……那邊的呢？」他又指向另一邊的合唱團。

「我唱歌不好聽。」我又搖搖頭。雖然我不是五音不全，不過還是不喜歡這樣熱熱鬧鬧的感覺。對了，熱熱鬧鬧。儘管跟很多人一起合作會比一個人來得更有成就感，但是我好像就是習慣一個人面對樂譜。

「你呢？」不想他繼續把焦點放在我身上，我停了下來，那個位置正好可以看見所有社團的招新海報。「你喜歡什麼？」

「我喜歡唱歌，可是不喜歡熱音社那麼嘶吼，也不喜歡吉他社還要彈吉他……」他轉頭看了我一眼，嘴角一勾。「手會很痛。」

「合唱團呢？」我問。

「我學不來他們那種唱腔。」他笑了起來。「看起來我們兩個注定沒有社團可以參加了。」

「這樣可以嗎？」如果只有我一個人這樣，我當然無所謂。「我可以隨便找個地方窩著，可是你……」

「嘿！是音樂教室！有鋼琴耶！」他突然興奮的聲音把我的話打斷，等我反應過來的時候，他早已走到盡頭的那間教室裡。

跟著走進音樂教室，我看著他站在鋼琴前面。「你會彈鋼琴嗎？」

「不算完全不會。」他說著，放上雙手，琴聲隨著指尖的指揮而流洩，高音敲打得像是音樂盒那樣清脆的音色，聽得出觸鍵很生疏，但旋律本身是好聽的，不過沒有幾個小節就結束了。

「怎麼不彈了？」

「後面忘了，哈哈哈……」他兩手一攤，琴面映上他的笑容，不是無奈，而是無謂。「妳會彈鋼琴的吧？」

我點點頭，輕輕把手放上琴鍵，卻沒有彈出任何聲響。

「其實從第一次見到妳，我就一直覺得妳身上有一種氣質。」

「什麼？」說我氣質的，他倒是第一人。

「剛剛才想到的，妳身上給人一種學音樂的氣質，而且還是古典音樂的。」他沒有轉頭，只是很準確的從琴面上抓到我的視線，害我一點都移不開。

的確，他沒有猜錯，我是學了很久的古典鋼琴，但我從來沒有發現自己身上還帶有這種純情漫畫才會出現的特質，也許就像咖啡師身上總是有種咖啡香、藥劑師擺脫不了身上的藥味……之類的等等。

「學校好像沒有硬性規定要選社團吧？」我問，而他想了想，點頭。

「妳想待在這？」

「嗯。」我環顧整間教室。「這樣好像更輕鬆自在一點。」

一個人，清清靜靜的。

許久，我們都沒有出聲，要不是他還繼續彈著那首歌，我大概能聽到我們兩個呼吸的聲音。

「不然，我陪妳吧。」

爆炸性的提議，在我反映不及的情況下莫名其妙的就這麼定了下來。原本是想要獨自享用這兩堂課的清閒，但是現在多了一個人，好像……

也沒有那麼不好。

這世上有一種毒叫愛情，中毒的都是傻瓜。

是什麼能讓一個人做盡蠢事還義無反顧？也許過來人都會回答一句：「因為喜歡。」

只是單純的喜歡，所以願意站在校門口等一個小時只為了一起搭車回家；會買自己不太常用到的自動鉛筆，只因為跟他用的一樣；去福利社也一定會幫忙買一瓶水，即使回到教室才發現他自己帶了水壺；上學的時候會幫他在自己身邊留一個座位，然後遭受整車的人白眼而他卻沒有上車……

但這些事情，我根本沒有做過，所以不算喜歡吧？

想要一起搭車回家，只要在放學前說一聲，誰也不用等誰就會很自然的走在一塊；買筆也不會刻意買一樣的，因為我們很巧合的發現彼此都喜歡同一款自動鉛筆；去福利社也不會幫對方買些什麼，因為也沒有多的錢；上學的時候也不會刻意留一個位子，因為也不能確定會不會搭到同一班車。

理智一點來說，我們是朋友；感性一點來說，我們是感情還不錯的朋友。

當別人問起我跟他的關係，我也只是笑著把自己的朋友理論拿出來講，要說喜不喜歡，我只能回答「不討厭」。

「不討厭就是喜歡了吧？」坐在我右邊的女生這樣反問我。她叫高亞如，長得還滿漂亮，喜歡違規穿過短的裙子和高過膝蓋的襪子，偶爾再違規戴個粉色的髮夾——校規規定女生的髮飾都必須是暗色的。

「不討厭，應該是比喜歡的成分還要再少一點吧？」我看向窗外，在洗手台前面互相噴水打鬧的詩彥和于佳。「而且妳說的是哪一種喜歡？」

喜歡有很多種，愛情的喜歡、悸動的喜歡、友誼的喜歡、親人的喜歡、寵物的喜歡、自作多情的喜歡，若要仔細分類，這個世界上所謂的「喜歡」肯定不只這幾種。

亞如羞紅了臉，而我牽起了笑容，心裡卻有些苦澀。「不討厭」，如果要形容我跟詩彥的關係，大概是一種過度的保守。「沒有人會跟自己不喜歡的人做朋友，對吧？」

她沒有再說話，臉上的紅也沒有退去的跡象。

「妳們在說什麼？」說話的是詩彥，他一蹦一跳的進來，制服襯衫還有一點玩過水的痕跡，他身後跟著走進來的于佳有過之而無不及。

「祕、密！」亞如回頭一笑，跟我一樣側坐在課椅上。「對吧，曉語？」

我笑著聳聳肩，其實也不是什麼祕密。

「曉語，放學後陪我去一個地方。」詩彥拿出毛巾遞給比自己濕了好幾倍的于佳，後者則毫不客氣的又用他的毛巾抽打他的背。

看來是于佳輸了這場潑水大戰。我喜歡這樣的他們，甚至是羨慕，這樣貼心的詩彥，還有這樣隨性的于佳。

「可是我今天放學沒空耶。」要去書店。

「好吧，沒關係，」他笑了笑，一個回頭，伸手在于佳的頭上亂撥。「屁桃，曉語說不能去，那就只有妳了。」

「好啦好啦！不要弄我頭髮！」那樣攻擊性的動作當然惹得于佳相當不高興，拿下頭上的毛巾又對著詩彥一陣抽打……好吧，也許她這樣才能一解敗戰的氣。

「妳承認妳是屁桃了！」

「去死吧你！」

鐘響，我笑著收回視線，卻對上亞如的眼睛，裡面藏了什麼不明的情緒，我猜不出來，也沒想過要猜。

或許我已經開始適應了一群朋友在身邊的感覺，可是原本的習慣還是有的。像現在，一個人走在路上、一個人戴著耳機聽喜歡的音樂、一個人腳步輕快、一個人走進書店、一個人徜徉在書頁與書頁之間的香氣間，放鬆了這一陣子緊繃的課文荼毒，彷彿找到了一處休息的港灣。

我喜歡一個人逛書店，或者拿一本書就坐在地上看了起來，即使忘記時間。

書架上有本放在最角落的書引起了我的注意——《世界上最致命的毒》，看起來跟愛情沒有關係的書名卻被放在言情小說區。封面寫著一段發人深省的話：「這世上有一種毒叫愛情，中毒的都是傻瓜。」

我笑了笑，這是一本很吸引我，卻跟我本身沒什麼關係的書。友情對我來說已經是奢侈了，何況愛情，那更是癡心妄想，當然，我連那種妄想都沒有過。所以我很珍惜現在，有詩彥、有于佳，還有偶爾找我說話的亞如，這樣已經很幸運了。

從小我就有一種吸引嘲諷和排擠的奇異體質，久而久之我開始麻木、開始害怕人，也收起了自己的開朗，不喜歡麻煩人、不喜歡主動說話，不麻煩人就不會煩到人、不主動說話就不會說錯話，我是這麼覺得的，所以就算現在有了比較親近的朋友，我還是下意識的想要保持一點距離。

因為別人釋出的善意，我更不懂得拒絕。

「曉語！」

我轉頭，是詩彥和于佳。「你們怎麼……」

「原來妳說的沒空是因為要來書店啊？」詩彥抽走我手上的書，沒等我回應就逕自說了下去。「《世界上最致命的毒》？妳喜歡愛情小說喔？」

「它的名字很吸引人。」我看向站在詩彥身後的于佳。「你們怎麼來了？」

「陪他來買文具。」于佳滿臉無奈。「妳要來書店也早說嘛，剛好可以陪這傢伙來啊，我趕著回去畫畫！」

我看見了，他手上的筆記本，還有那款我們都喜歡的自動鉛筆。

「畫什麼啦，就跟妳說妳的漫畫沒有人要看了。」詩彥的毒舌總是招來于佳的重打，只能說是自作自受。

「那是你沒眼光！」講完再補一掌，接著就是一聲壓抑的慘叫。

于佳喜歡畫漫畫，而且畫得還真有那麼一回事。「于佳，妳下次有完成品的話，借我看好嗎？」

「當然可以啊！」于佳笑開了臉，然後又得意的朝詩彥昂了昂下巴。「你看人家曉語多識泰山！」

「喔～咿喔咿喔～～」

又是一掌，然後接著被摀住的慘叫。

如果可以這樣一直打打鬧鬧下去，就好了。

泡得太久的茶葉，出乎意料的苦。

「吶，給妳的。」抬眼，是一支棒棒糖，檸檬口味的。彭詩彥用他那張讓人淪陷的笑臉對著我，一副無害的模樣。

我接過棒棒糖，不明就裡。「……謝謝。」

放學後爆滿的便利商店前，他嘴裡含著另一支我不知道口味的棒棒糖，雙手插著口袋，眼神透著一點不耐煩。「那兩個傢伙好慢……」

「人那麼多，再等一下吧。」望著正在結帳的人群，我把玩著那支棒棒糖，其實沒有那麼喜歡吃甜的。

回家的路相同就很容易走在一起，從學校後門走到公車站，再去車站旁邊的便利商店買點一天努力上課的犒賞，幾個人打打鬧鬧成自然，只是我有些置身事外……他們像毫無拘束哈啦的收音機，我更像是安安靜靜的聽眾。

是習慣性安靜，還是有那麼一點點的無從加入？我不知道，也許兩者都有吧。

「周億賢，你車都走兩班了。」當于佳和另一個高大的男孩走向我們，詩彥立刻抱怨了起來。

「走兩班就走兩班啊，反正下一班等下就來了。」男孩手上拿著一瓶可樂，打開瓶蓋就往嘴裡灌——他是周億賢，班上的金頭腦，幾次體育課打籃球跟詩彥同隊，兩人就這麼熟起來了。

「走了啦，還搭不搭車啊？」于佳一個催促，把大家都拉到了公車站。

聽著他們一來一往聊著天，我卻一點嘴也插不上，說實話我除了有一點點小失落之外，並沒有特別難過，畢竟有他們陪在身邊已經很奢侈了，我沒再妄想什麼。摸了摸口袋裡的棒棒糖，我知道我笑了，只是沒搞清楚自己為什麼而笑。

公車來了一輛走了一輛，又來了一輛，然後我們又看著它開走。看來大家是想要陪車比較難等的億賢，我是沒有什麼意見，這樣跟他們在一起的時間又更長了呢。

「啊，周億賢你的車來了！」于佳看著不遠處緩緩駛近的公車，有些激動地抓住億賢的書包背帶。

「我車來了，但是妳抓我幹嘛！」億賢拉住自己的書包，死命的要往已經停在眼前的公車擠去。

于佳得逞地大笑，放掉手上的力道，億賢就那樣跌跌撞撞上了車，車門關上的時候還對著我們做了個超級大鬼臉——準確來說是對著于佳做的。

于佳也淘氣的回敬了一個，在她那張白白嫩嫩的臉上，怎麼扮醜都只有可愛。

「屁桃妳這樣不行的！轉過去扭扭屁股不是比較有效嗎？」詩彥悠然站在一旁咬著棒棒糖含糊不清的說著。

于佳轉了過來，如果這是漫畫，那她額頭上應該會有一個井字跳啊跳的。「你為什麼不去死？」

「哈哈，因為我還沒活夠啊！」詩彥扭了一下身子閃過于佳的快掌，一臉得意。

「曉語！妳幫我抓住他！」

我兩手一攤，無奈看著兩個繞著我追打的人。什麼時候我才能像這樣有個人可以追來追去？

「好了啦，車都來了。」同時拉住兩個人，在我差點被他們甩出去之前停了下來。

拿出悠遊卡，我攔了車，這一天的熱鬧終於快要到了終點，終點線寫著待續，只是這個待續還得先熬過一個週末，等到我們各自下了車，再見面就是兩天後。

「等一下！」正當我準備上車，書包就被一股力量拉住，逼得我後退幾步。「于佳妳先回去吧，人太多了，我跟曉語搭下一班。」

是詩彥，他拉著我的背帶，朝著被整車沙丁魚擠得錯愕的于佳揮手，被放生的于佳根本還來不及反應就被載走了。

那班車帶走了大部分等車的學生，空了許多的車站突然安靜下來。我滿臉疑問的轉頭，只看見詩彥淡淡的笑容，想問也問不出來，他好像知道我會問，所以回答了——

「陪我散步。」

四個字，我也不知道自己為什麼就這樣點頭答應，也許他根本沒有打算問我的意見，而是強制把我留了下來。

剛下過雨，我很喜歡這樣蔭蔭霧霧的氣氛，很清新，卻也少不了那一點點渺茫。比起剛剛在第八節課上，一邊寫考卷一邊窸窸窣窣懊悔自己沒帶傘的哀號，那時空氣中的雨焦味當然沒有現在來得……甜？

用幾年後我的話來說，應該是「心動」。

走在濕漉的行人步道上，詩彥在我的左邊。環河公園沒有多少人，我們兩個穿著制服、背著書包走在路上，也不顯得突兀。我一直很享受這種寧靜，只是以往都是獨自品嚐，今天有一個人在我身邊，好像多了那麼一點安全感。

「不問我為什麼要妳陪我來嗎？」

我笑了笑，搖頭。「我知道這附近有一家飲料店的茶是現泡的，要喝嗎？」

微風迎面吹來，吹來了濕濕的水分子，吹來了淡淡的輕鬆。我記得國中畢業的暑假我買了一部小說，女主角最崇尚的生活——

「一杯香茗，一卷書，偷得半日閒散；一抹斜陽，一壺酒，願求半世消遙。」

當然，十六歲的我們，酒是碰不得的。

他恍然的點頭，我帶著他來到那家店，叫了兩杯綠茶，就坐在看得見河邊的位子上，面對面的雙人座，目光卻沒有在彼此身上停留。

「如果心情不好的話，喝茶可能會好一點。」

「我以為妳只喜歡喝檸檬紅茶。」

「如果紅茶裡面沒有加檸檬的話，我是不太喝的。無糖綠茶才是我的最愛，」我笑，看著店員送到桌上的兩杯熱茶。「尤其是現泡的。」

捧起茶杯，我想我喝下的是他回給我的沉默，而我並不以為意。對於他為什麼要我陪他這件事還是好奇的，不問也只是因為沒有鼓起勇氣，我想每個人都有選擇哪個朋友在自己身邊的權力，只是剛好我沒有拒絕罷了。

許久，他出了聲音，藏在微風裡，飄進我的耳朵。「妳身上有股讓人放鬆的特質。」

「還是覺得跟我在一起可以學到一點懶惰？」我問。

他笑了，視線定在水上踩船的人們身上，而我看著他。

「跟妳一起的時候特別輕鬆自在。」

「嗯，我知道。」

特別隨性、特別好說話，也特別好利用、特別好欺負，更特別好甩開、特別不用顧慮我的心情。從小到大我對所有跟我說過這句話的人都有這個印象。可是我沒有把這樣的想法用在詩彥身上，至少我覺得他不是這種人，我也不想相信我都到高中了還這麼沒眼力。

「妳少在那邊臭美。」

「你說的話又不像讚美，我應該說謝謝？」

語畢，我對上他驚訝的雙眼，好像發現了什麼新世界似的。「原來妳也會這樣說話？」

他是說嗆回去這件事情嗎？「你可以再跟我熟一點。」

某種程度來說，這是我這幾年以來做過最勇敢的決定，好像因為眼前這個人，心裡被封閉的角落似乎可以打開一點小隙縫。

「我會的。」他喝完了他那杯茶，皺起眉頭。「底下有點苦。」

店裡傳來細細的音樂聲，寧靜的拍子配上淡淡甜蜜的旋律，男歌手乾淨的聲音唱出歌詞，女歌手輕輕的和著，訴說一個飄落的愛情承諾。正當我把注意力集中在歌詞上時，耳邊不經意的飄來另一陣好聽的聲音。

尋聲抬頭……隨即愣住。

〈Falling Slowly〉，這是詩彥告訴我的歌名，我並不知道我竟然從此刻開始喜歡這首歌，而且深深愛著好幾年，害我有時都搞不清楚自己到底是喜歡這首歌的旋律，還是當年輕輕哼唱的男孩。

我抿了抿嘴唇，感受著茶葉回甘的味道在舌頭上蔓延。果然茶葉的苦盡甘來比直接嚐到甜頭要好得多，清香又不膩口。坐在對面的他，還在因為杯底的苦澀皺眉。

我把我這杯喝完，結果，也皺起了眉。

泡得太久的茶葉，出乎意料的苦。

我們把什麼分成一半，又把什麼抱在懷裡？

日子就這樣平平淡淡的過了好一陣子，上課傳傳紙條，下課在走廊上追來追去，放學又在公車上打打鬧鬧，沒有甚麼特別之處，卻格外愉快。

我跟他都默契地沒再提起環河公園的事，就連于佳問起，我們最多也只是笑著避重就輕地帶過。他找我去散步的原因我也不好奇了，人家都說好奇心會殺死貓，我決定遵守愛惜生命的原則。

那天回家後，我看見即時通上多了一個新朋友——彭詩彥。

「謝謝你。」對話框跳了出來。

抬手，我敲著鍵盤。「不客氣。」

簡單的兩句話，我並沒有刻意去想他跟我道謝的用意，反正不外乎是陪他散心，或者是請他喝綠茶之類的。其實我很高興為他做一點小事，因為這一點點互動我都會覺得很幸福，印象中「朋友」都是這樣的吧？在難過的時候無條件陪伴，而我有幸先為他做了這件事，這讓我感到滿足。

曾經的遙不可及，竟意想不到的觸手可及……這是我至今對友情的評論。

「喂！孟曉語！」

「嘶……」原本正打算把線穿過針頭的我，被身後的人一推，就這麼直接把針往手指上刺了下去，點點腥紅立刻迅速地竄了出來，我咬住手指，回頭看向那個罪魁禍首。「幹嘛？」

「刺到了？」他一臉錯愕，看起來是沒想到我會受傷。「我看……」

「沒關係，沒有很痛。」見他伸手就要過來，我往後躲了一下。我又不是傻子，他手上也還拿著針。「你叫我幹嘛？」

「我叫妳好久了，妳都沒理我。」他尷尬的笑笑。「幫我穿一下線，我弄好久都穿不過去。」

「我沒有聽到你叫我啊，抱歉。」我放下手上的東西，接過他的針線，定睛一看才發現線頭早就岔開，難怪穿不過去。「你介意我舔你的線嗎？你線分岔了。」

他搖搖頭表示不介意。

我把線頭放進嘴裡含了一下，再用手指搓揉有些濕潤的線頭，輕輕一穿便穿過了針。「拿去。」

「謝啦。」他笑著道謝，而我轉回正面，繼續用自己手上的東西。

這堂是家政課，老師要我們用發下來的材料做一個抱枕。這種針線活原本就不是現代小孩的強項，但有一個曾經是服裝設計師的媽媽，我會縫點東西大概就是耳濡目染下來的吧，雖然她老人家說是她教導有方。我曾經問過她為什麼不繼續當設計師，那是她的夢想，媽媽只是摸摸我的頭，說了一句讓當時的我很無法理解的話——

「因為我發現有比夢想更幸福的事情。」

有什麼事情能比夢想還要幸福？某種層面來說，媽媽是一個完成夢想的人，她可以繼續做她喜歡的工作，但她沒有。我記得我小時候有幾件衣服還是她親手做的，穿上她做的衣服，其實也沒有多特別，但我知道更多的是心意，整整一件把愛一針一針縫上去，穿著就是幸福。我想媽媽就是喜歡這種帶給別人幸福的感覺，只是她沒有繼續做下去的答案，有說跟沒說一樣，那件比夢想還要更幸福的事情，到底是什麼？我不知道。

也許我太年幼，只知道追逐夢想，義無反顧。

我喜歡鋼琴，喜歡跟音樂有關的任何事，好像只有坐在鋼琴前面的時候，琴面倒映出來的自己才是最真實的，我可以任意的表達自己的情感、發洩自己的情緒，可以瘋狂、可以冷靜，我能夠藉著手指感受自己的心情波動，可以藉著旋律跟自己對話，即使譜上都有音樂家們注記好的演奏提示，但起伏還是我的，只有彈琴時候，我想怎樣就怎樣。

所以那時的夢想是當鋼琴家，為此再辛苦都沒有抱怨過。當然，那時候我根本沒有想到自己能不能一直順順利利的走在這條路上，很多事情都是慢慢長大之後才慎重考慮的，可是很多時候當我們下了決定才發現太晚了。

「曉語……曉語？」

轉過身，對上的是詩彥無奈的表情，我笑。「對不起啦，我在想事情。怎麼了？」

「這個！跟妳的換！」他拿起自己抱枕的其中一塊外布，然後指著我桌上的其中一塊。

「為什麼？」我不解，雖然我們都選擇很流行的黑白豬造型，可是我的是白色的，他的是黑色，換了就表示不只黑豬和白豬，而是名符其實的黑白豬了？

他咬著下唇，眼珠子左右滾動著，好像在思考什麼。「嗯……因為這樣比較特別？」

我想了想，的確是。「好啊！」拿起桌上的白布跟他的黑布交換，這樣我的豬就是白臉黑背，他的是黑臉白背，感覺挺有趣的。

「不過妳要教我縫喔！」

「你不覺得應該找亞如會比較快嗎？」我指指旁邊那個早就縫完一大半的快手。

他看了我一眼，又往我旁邊的亞如看去，最後搖搖頭。「我覺得妳比較厲害啊，快點啦！」說過的，能夠幫助朋友是我覺得很幸福的事情。接過他的材料，我在他的兩塊布料背面畫上標示，然後穿線打結。「你看啊，要這樣反過來縫，等一下翻出來就會變成正面……」

「每一針的距離要一樣，翻過來才不會醜醜的，或是破一個洞。」老實說他帶的針真的太細，穿過兩塊布需要使一點力，如果拇指上沒有戴頂針，在推針的時候一定很痛。「都是反覆動作，懂了嗎？」

我縫了一段距離，想要把東西交還給他，誰知道剛抬頭才發覺……他的臉近在咫尺，瀏海都碰在一起了，我盯著他的眼睛，不知道怎麼辦。

「呃……懂了，我有問題再問妳。」沒有很久，他先退開了，低頭扯動線頭。

「嗯，好。」我轉回去，拿起材料的時候看見自己的拇指，立刻又轉了過去。「那個……你等一下！」

轉過去看見的第一個畫面，就是他吹自己拇指的畫面，肯定很痛……我從書包裡拿出ＯＫ繃遞過去。「貼著吧，不然會很痛，你的針太細了。」

「謝謝……那妳呢？」他接過ＯＫ繃，問道。

「我沒關係啦。」微微一笑，我才又轉回去坐好。

心臟跳得很快，我不知道自己為什麼要那麼緊張。

但若那時我再敏感一點，就會知道那其實是害羞了吧？可惜我就是沒有想到那一塊，更沒有想到，為什麼要交換顏色？當抱枕做好的時候，就只有這兩隻雙色豬最特別，為此我還開心了一陣子，誰知道在別人眼裡那根本就是比擁有了一對情侶豬還要更親密，就像共撐一把傘會比撐同色的兩把傘還要靠得更近一樣。

一個抱枕，我們把什麼分成一半，又把什麼抱在懷裡？

他約我去迪士尼。

我想我是喜歡這樣的時刻的，喧鬧卻平靜。

沒有人說話，四周的聲音便多了起來。操場傳來的吹哨聲、拍球聲，教室裡的電扇聲、琴聲，還有淺淺的呼吸聲……即使不算清靜，心裡卻有一股平和安寧在徜徉，輕鬆自在，好像僅是這樣坐著就能稍微放下平日讀書的緊張。

自從決定不參加任何社團，我和詩彥一到社團時間就會窩進音樂教室，大多時候靜靜的不說話，我練我的琴，他看他的書，偶爾我悄悄走到他後面戳戳他的腰，他跑來我身邊亂壓琴鍵搗亂，卻總是鬧不久。也許我們的個性是相似的，只是我遺失了曾經的陽光開朗，在他身上看見自己想念的過去，所以我其實很羨慕他，羨慕他的坦然和直接，不像我總是小心翼翼、戰戰兢兢。

但很慶幸的是，對他，我好像不曾這樣。

「啊！」後頸傳來的瞬間冰涼讓我驚叫出聲，停下舞動的手指往後一看，有一瓶鋁箔包的檸檬紅茶，還有一張惡作劇得逞的笑臉，忍不住瞪過去。「你喔……」

「幫妳買飲料還要被罵，好心沒好報！」詩彥把飲料塞到我手裡，自己跳到課桌上盤腿坐著。

「有你這種好心的嗎？」將吸管插進鋁箔包，我轉過身子跟他面對面。

一高一低，相互交錯，夕陽暖暖的光線從他身側的窗戶灑進來，染紅了他臉上的顏色，凝固了我的視線。

「哼。」他淘氣的撇過頭，牙齒咬著吸管。

我知道他在開玩笑，伸出手指戳了戳他的膝蓋。「幼稚。」

他轉過來做了個鬼臉，然後又撇過頭，陰影底下我看不清楚他的表情，仍能感覺到他正在笑。不想點破他，我繼續戳他的膝蓋，含著吸管也模糊了自己平常都不太會說的話。「好啦，謝謝你的好心啦，這樣可以嗎？」

他慢慢轉向我，隨即笑開，手伸過來就弄亂我的瀏海。「這樣才乖嘛。」

我愣了，訝異於他突然的親暱，低下頭把瀏海撥順，沒膽再抬起頭，沒有咬吸管習慣的我竟然把吸管咬得扁扁的。

「幹嘛不說話？生氣了？」他的手闖入我的視線範圍內揮呀揮的，語氣中帶著笑意。「對不起嘛，我不知道妳不喜歡別人碰妳頭髮。」

「我沒有生氣，也不是不喜歡……只是有點嚇到。」並非本意的，我越講越小聲，自己也不知道在心虛什麼。

我聽見他的輕笑聲，突然有種被耍了的感覺，抬頭想說些什麼，含在嘴裡的話卻被他的眼神給梗在了喉嚨。

「妳害羞的樣子好可愛喔。」他用手背遮住口鼻，雙眼笑成了線。

我沉默了，徹底的沉默了。這是第一次有人說我可愛，心底有些高興，又不敢表現出來，因為最近流行一句話：可憐沒人愛。

「如果是嘲笑那就不、用、了！」說最後三個字的時候我用力往他的膝蓋戳了三下，對他吃痛的表情十分滿意。

「哎哎哎！小姐，我是真心的稱讚耶！」他揉了揉痛處，趁機往我手臂上重重打了一下。「妳又欺負我！」

手臂上的刺痛讓我深深的感覺到他沒有把我當女孩子看。「你跟于佳平常不都這樣嗆來嗆去的嗎？」

「妳又不是桃于佳！」

是啊，我不是于佳，于佳跟他的相處方式在我身上並不適用，原來我以為這樣就是朋友之間自然的打鬧，但他看起來並沒有把我放到那個身分上。「對不起……」

「噗！」他看著我，好像沒有料到我會道歉，那笑容中有些意外的成分。「妳幹嘛道歉？我只是覺得對妳沒必要像桃于佳那樣粗魯而已啊。」

後來我才知道，原來他一直都是順著我的個性跟我相處的。他知道我怕人，所以不會在人多的時候跟我打鬧；他知道我喜歡安靜，所以只有兩個人相處的時候話也不多。但他也在很久以後才知道我是想要他更隨意的跟我打鬧，而不是莫名的保持一點距離。

可笑的是這樣模糊的距離才更讓人迷惘，看不清自己真正的感受，胡亂下個定論，誤會自己與對方是怎樣的感情，傻傻的就這樣以為下去。

「你做你自己就好了，我也沒有你以為的那麼有氣質。」手上握著空了的鋁箔包，我聽見自己聲音裡的失落。

他笑了笑，從課桌上跳了下來。「妳有聽過這首歌嗎？」

「什麼歌？」我背對著鋼琴，他過來和我並肩而反向地坐著，兩手放到鋼琴上。

下一秒，高音輕輕敲打，音樂盒似的旋律散開。我看著那修長手指生澀的舞動，不知不覺的被吸引了去。音樂沒有持續下去，而是停在一個奇怪的地方。

「這是什麼歌啊？」沒有繼續看他，我望著窗外被染紅的天空。

「我也不知道耶，我哥直接教我，我記位置彈的。」

「是喔，那等你問到歌名的時候跟我說好不好？」

「好啊！」

轉過去面對鋼琴，抬手，我用剛剛聽到的印象，再彈起那個旋律。

「曉語。」

「嗯？」

許久，他沒有說話，我也沒有催他的意思，慢慢等著他的下一句。雙手還在不斷重複剛剛那段旋律，簡簡單單卻有一種中毒感，我想，好聽的音樂都是這樣吧，沒有太華麗的樂句才更加扣人心弦。

「妳教我彈琴吧。」

他的話讓我有些震驚。「怎麼突然想學琴？」

「要不然……」他沉吟了一陣，認真的表情在鋼琴面上映得一清二楚。「下次開始，妳彈琴，我唱歌給妳聽吧。」

「好啊。」我沒有想很多就答應了，也許是想到上次在環河公園偶然聽見他的歌聲，也或許是熱愛音樂的細胞沸騰，喜歡這樣的交流。「那你想要唱哪一首啊？」

「我回去找找，下次給妳譜？」他好像在抑制興奮，咬了咬唇卻笑意盈盈。

我點點頭，還是重複著那首歌的旋律。

「好了啦，不要一直彈！」

「你又沒有譜，我喜歡這個旋律當然得一直彈到自己記住為止啊！」

僅僅是幾個小節不完整的旋律，往後幾年我竟然沒有忘記，應該說是揮之不去。爾後有次不經意在網路上聽到這首歌，才知道叫做〈他約我去迪士尼〉，如題，有遊樂園的輕快，更有思念著某段愛戀的情緒；有孩子般的無憂無慮，更有那樣簡單甜蜜的憧憬，或者說想念。

等我知道所有真相之後，當我再聽見這首歌，總是忍不住想，遊樂園有入場券，他的心是不是也有？或是他給了我入場券，我卻沒有發現，最後錯過了時效，變成了一張廢票。在那之後，他心裡的遊樂園是不是關了？充滿夢想的旋轉木馬不再轉動，刺激的雲霄飛車不再傳來尖叫，入夜的煙火也不再綻放，浪漫的摩天輪也不存在著粉紅色的迷信……

當然，這都是後話了。

青春的選擇題，二選一。

相信很多人的青春都會被一張又一張的考卷掩埋，我們從不會去數算自己做了多少選擇題，卻總在四個選項中掙扎，隨後紅筆拿起，我們的青春只剩下對與錯，有了分數後，一個所謂的及格標準把一部分的人推向成功，在剩下的人身上印下失敗的記號。

於是，我們的青春年華瀰漫著競爭精神，一分一毫都要斤斤計較，彷彿那是評量自己的根據，努力與不努力的鏡子。這樣說，好像壓抑了年輕生命應有的活力和自由，可是有什麼辦法呢？我就坐在這個名為「教室」的牢籠，剛剛完成了一份評判青春的考卷，做了一些擁有正確答案的選擇題，其中一些還是在困惑中胡亂猜測的。

外面的天空好美，什麼時候才下課呢？

「時間到，考卷給前面的改。」老師的聲音中止了教室裡的肅靜，激盪起了緊張的氣氛。開始對答案，大家拿起紅筆檢視別人的考卷，就像檢視一個人的心，只是考卷因為寫對寫錯而有一個公正的分數，人心卻沒有一個能夠看透的標準。

我批改著詩彥交到我手上的考卷，突然有一種奇異的感覺，如果這張考卷是一顆心，那他交給我的是什麼？我看見的是什麼？事實證明，我只看見了一張普普通通的考卷；事實證明，我所想的問題並沒有迎來正確答案；事實證明，我還沒有聰明到跟正確答案沾上邊。

交還了考卷，我看著自己的分數，放開腦袋裡的胡思亂想，皺緊眉頭，折下打著分數的那一角，想裝作眼不見為淨，嘆息一聲一聲重重地打在心底。

「曉語，妳考幾分啊？」旁邊的亞如湊過來問著，我立刻把考卷折起來放進抽屜。

「及格邊緣。」我回答，卻沒有看著她。

「及格邊緣？」她的笑聲清脆地響起。「那到底是及格了還是沒有及格？」

我轉頭看向她，微微勾起嘴角。「妳猜？」

六十分整，這是我昨天熬夜念書的結果，這個結果告訴我，不是努力一個晚上不眠不休抱佛腳就會有出乎意料的高成就，靠著短暫記憶寫出來的考卷，也許等到下一次考試就會變成慘兮兮的六分；愛情也是一樣，不是一見鍾情就能夠廝守一生，靠著衝動譜寫的情歌，也許根本感動不了任何人。

只可惜那時候根本不懂愛情，更何談對這東西有什麼領悟。

「妳這麼聰明當然是及格囉！」下課鐘正巧響起，亞如的聲音隱隱的從隔壁座位傳了過來，語氣中有些笑意。「哪像我啊，妳看，三十八分。」

她把考卷遞到我面前，我卻不知道該說什麼。

「哪有人不及格還到處炫耀的啊？」轉頭一看，于佳手上拿著她那張七十幾分的「高分」考卷當扇子一樣在臉邊搧著，語氣滿滿的酸意。

「我想讓曉語等下教我嘛，妳考七十幾分了不起啊？」亞如對她的嘲諷不以為意，理直氣壯的回了嘴。

「人家孟曉語才考六十分，怎麼教妳？」

吼，桃于佳妳真的很夠朋友。

「亞如，不好意思喔，我對這個單元也不是很熟，妳去問別人吧，會了的話我們可以討論啊。」我臉上笑著，但只有自己知道有多尷尬，就因為桃于佳突然來一句爆了我的分數。

「好啊，曉語我們說好囉！」

「……嗯。」不知道為什麼，每次亞如跟我說話的時候我就會有點膽怯，總是刻意的想要保持一點距離，又不好擺臉色給她，只好硬裝著友善，充其量也只是客氣而已。還是我對這種穿短裙愛漂亮的女生一直都存在著負面印象？

「孟曉語。」

「嗯？」詩彥踢了踢我的椅子，我轉過去看他，心裡突然有種被拯救的感激。「什麼事？」

「妳改錯了。」

「有嗎？哪裡？」

他把他那張差一分就及格的考卷攤在桌上，手指著某一題被我劃掉的答案，敲了兩下。「這題答案是什麼？」

「D啊。」

「我寫D，妳為什麼劃掉？」

他的語氣有些責怪，甚至讓我感覺到了淡淡的怒氣，我看向他，心裡好多疑問。「你不是寫A嗎？」

「妳眼睛壞掉喔？我明明就寫D！」

「彭詩彥你兇屁啊？」

罵人的不是我，是于佳。其實我正因為第一次看見這樣的詩彥而感到些許恐慌，我怕惹人生氣，從小就這樣，好像每個人只要對我生氣了之後就會離我遠去，至少過去是這樣，即使我根本不知道我犯了什麼錯，或許是我無知，也或許是他們厭煩我而隨便找個理由把我拋下。

友誼，就是這麼脆弱的東西。

「桃于佳，妳自己看嘛，我哪裡寫得像A了？」

「吼，明明就你自己字醜還怪人家改錯。」

「說我，妳字就美嗎？」

于佳翻了個白眼，把考卷放到我手上。「曉語，幫他改回來吧，他真的畫了『一隻豬（台語）』在上面。」

一下子，我笑了，因為于佳拐彎抹角的像是幫我出氣似的。拿起紅筆重新改了分數，詩彥就這樣高了我一分。「對不起啊，詩彥，別生氣了好嗎？」

他看著我一會兒，只是伸出手撫亂我的瀏海。「沒事，我本來就沒有生氣。」

不知道為什麼，眼眶突然有點酸，可能是慶幸最害怕的事情沒有發生，也可能是因為其他我還沒有察覺到的東西。「謝謝。」

「謝什麼啊？是我口氣不好啦。」他漾出那抹很好看的笑容，這一笑，剛剛低落的心情似乎也好了起來。

「演哪齣啊你，為了『一隻豬（台語）』剛剛還兇人家，現在也不知道跟人家道歉。」于佳的台語諧音遊戲又冷冷的竄出，揚著她那張頗高分的考卷，擺明著在對詩彥宣戰。

口水戰。

「妳又欺負我聽不懂台語！」

「洗髮精你還我考卷！」

「跟妳說多少次那是沐浴乳！」

詩彥搶過她那張考卷，見于佳又是一個手刀舉起，立刻往教室外面跑，于佳追了出去，兩個人在走廊上的狂奔，那身影是讓我欣羨的好感情。

「曉語。」

「嗯？」

亞如的叫喚把我的注意力從走廊上移開，我看著她，她看著窗外，應該是在看外面那兩個瘋狂的人吧。

「妳不覺得他們兩個感情很好嗎？」

「他們是青梅竹馬，一起長大的當然感情好啊。」

這次她轉了過來，目光直直的鎖著我。「妳都不會有什麼其他的想法嗎？」

想都沒想的，我搖搖頭。「還能有什麼嗎？」

「比如說……他們在一起之類的。」她一臉認真，我卻讀不懂那眼神的含意。

我看向窗外，于佳搶到了考卷，正在對詩彥進行反擊，那打在身上的力道一點都沒有留情。

「如果是妳，給妳兩個選擇，一個是友情，另一個是愛情，妳會選擇哪一個？」

我記得當亞如問我這個問題的時候，我雖然沒有馬上回答她，但也沒有想得很深入，十六歲應該是很憧憬愛情的年紀，可對我來說那畢竟是從來沒有想過的東西，突然這麼提問，我一時間也沒有頭緒。「選哪一個很重要嗎？」

能得到友情就已經很珍惜了，愛情什麼的，不是奢侈是什麼？

「可以不給我這麼模糊的答案嗎？」她還是盯著我，就像要把我盯出一個洞似的。「像詩彥把D寫得像A那樣。」

模糊不清的答案，就像那個時候，詩彥明明寫的是正解，我卻用紅筆畫上誤解，分數都出來了、結果都底定了，最後還得讓別人替我改正。也許那張考卷本就不應該交到我手上，因為我太迷糊，沒辦法給他應得的分數；也許當時那樣的期待不應該放在我身上，因為我太沒有自知，給不了相對的回應。

青春的選擇題，只給我兩個選項，我空著不答，不是答不出來，而是沒有發現題目。

我們是彼此的主角，還是過客？

當真心撞擊真心的時候，到底會發出什麼聲音？很多事情都要長大之後才了解，十六歲還懵懵懂懂，可能只顧著往前衝，也可能一昧的往後退，或者還站在原地，分不出什麼是真心、什麼是迷戀，也許還不知道這種感覺要用什麼詞去解釋，也許還會想著這種感覺有沒有屬於它的名詞。

至少我現在聽到的，只有鋼琴聲。

冬天到了，學期也過了一大半，像這樣子兩個人安安靜靜待在音樂教室裡的日子也過了一大半。制服換了季，襯衫從短袖換成了長袖，女孩們從裙子換成了長褲，不管男生女生都會穿上清一色深藍的毛衣或背心，裹著外套拉高拉鍊一整天不肯脫下來。

我透過鋼琴面看著詩彥的倒映，他把課桌併在一起躺在上面，小說蓋在臉上睡著了。我停下雙手，教室裡沒了琴聲，瞬間好安靜好安靜，只聽得到我走向他的腳步聲。

輕輕的拉開椅子坐了下來，我小心翼翼地拿起他臉上那本小說，好奇的翻了翻，對奇幻小說一點都不感興趣的放到旁邊的桌上，轉過頭，看著他的睡顏，我才發現自己從來沒有這麼仔細的看過他。

瀏海蓋在額頭上，眼睛緊緊閉著，睫毛不太長，高挺的鼻子帶著節奏穩定的呼吸聲，雙唇微張，整個人毫無防備的樣子。並不稀奇的一張臉，可是我知道他有一顆溫暖的心，還有一張陽光的笑容，對人總是溫柔。當然也是要看人啦，他對于佳的時候就是一邊不留情的嗆聲，一邊做些貼心的舉動。

我想他對于佳是不同於一般的，畢竟從小一起長大，總是同校同班，雖然他們兩個嘴上都說是孽緣，但其實都很慶幸彼此一直在身邊吧。記得亞如曾經問我關於他們兩個有沒有愛情的問題，我覺得我這輩子都不可能認為他們之間除了親情之外還能有什麼。

親情，對啊，他們之間才不是友誼，他們已經彼此不可或缺到這個程度了。

有時候我都會覺得自己在他們的世界裡是多餘的，總是他們拉著我去福利社、一起搭公車，或者一起吃飯，然後我會靜靜的待在一邊看他們兩個吵嘴打鬧，偶爾出聲勸勸，偶爾被他們其中一個人當擋箭牌，偶爾太過激烈還會被億賢拉開，要我跟他一起在安全的角落看戲。

「他們的世界很難進去，對吧？」

這是某一天，億賢把我從那兩人的暴風圈裡拉出來時說的話。那時候我不懂，但現在我好像能看得出一點點了，我和億賢都一樣，在他們的世界裡時都太過安靜，總是看著那兩人玩樂，自己站在一旁微笑，很多時候也不知道自己為什麼要這麼安靜，其實可以加入的、其實可以跟著附和的，但我們都沒有。

所以其實我很珍惜這段跟詩彥獨處的時間，我也不太清楚自己到底是什麼心態，也許因為他是班上第一個跟我講話的人，也許他是班上第一個願意跟我成為朋友的人，也許是他把我心防慢慢的卸下，或者說是他讓我進去了他的朋友圈，讓我認識更多人。我知道他對我來說很特別，比起億賢和于佳……但我想多半是出於感激吧，是他讓我不再那麼害怕人。

幾年後想想這個寧靜的時刻，真恨不得鎖住時間，整個世界只有我們兩個人，沒有煩惱，也不用在乎別人的眼光，就這樣待著。

不過，不可能啊，就算再怎麼喜歡這樣的時間，我們都會畢業、都會長大，最後一點聯繫都沒有的各奔東西，這是人生的必經過程，我知道的，每個人都可能是每個人生命中的過客，真正能夠長久陪伴自己的，真的沒有幾個，即使我真的很希望他會是那珍貴的其中一個。

的確，他是陪了我好幾年，只是陪伴的方式，讓人痛得幾乎窒息。

強勁的冷風突然從窗戶灌進來，我忍不住打了個冷顫，站起身往窗邊走去，關了窗子後卻沒有回到他身邊，反而開了門走到走廊邊，倚著欄杆。

我怕冷，每到冬天，我的指甲絕對都會變成慘紫色，可是我最喜歡冬天，喜歡冬天刺骨的風，喜歡迎風站著，喜歡把自己包得緊緊的、胖胖的，這樣好像就有種被人擁抱的錯覺。就像現在一樣，冷冷的風、暖暖的心。

「這樣會感冒的，妳知道嗎？」

身後突然傳來的聲音嚇了我一跳，可是當我正要回頭時，脖子瞬間一暖——低頭一看，是詩彥的圍巾，剛剛被他拿來當作枕頭的……不對，他什麼時候醒來的？

「幹嘛一個人站在外面？不冷嗎？」似乎是發現我想要脫下圍巾，他瞪了我一眼，逕自在我的脖子上又多繞了一圈。

他此刻就像是一顆朝陽，剛起床的。

「冷啊……」我從來不敢直視他的眼睛，他的眼神好像一直有種讓人無法拒絕的吸引力，轉開視線，我看著欄杆外觸手可及的樹葉。「可是我喜歡這樣。」

「以後穿厚一點再出來，聽到沒有？」

「嗯。」我轉頭，看著他豎起領子的動作，肯定很冷，他卻願意把圍巾借我。「詩彥……」

「怎麼了？」他看向我，我又把頭轉開。

我也不知道自己怎麼了，今天特別不敢看他。「謝謝。」

「謝什麼啊！」他笑了，揉了揉我的瀏海。「妳不感冒我才真的要謝謝妳。」

我笑了，其實我很喜歡他揉我的瀏海，好像特別隨意、特別舒服，好像我們很親近一樣。

很多人都會對音樂教室產生一些夢幻的想法，小說或漫畫的男主角會不小心聽到鋼琴的聲音而被吸引去音樂教室，從窗外看見一個長髮披肩的女孩正在彈琴，然後一見鍾情。

但我們都深知這只是狗血到不能再狗血的情節，沒有人知道眼前的人會不會是自己人生的男主角或女主角，也許那個人在自己的眼前慢慢遠去，自己卻一點都沒有發覺。

像我，就是那種笨蛋。

他們在幫我躲避危險，我卻渾然不知。

昨天吹風的結果，詩彥感冒了。

其實我自己很過意不去，但是他每次在我要轉過去的時候都會緊緊定住我的肩膀不讓我動，說是會傳染，還叫我往前坐一點。

「是要怎麼往前坐啦？空間這麼小，她躲也不能躲到哪去啊。」于佳在原本穿著的背心外面又套了一件毛衣，把自己的外套遞給詩彥。

我堅持轉過去看他，因為剛剛他抓住我的動作，我已經感覺到他的體溫是多麼不正常了。「詩彥，我幫你去跟老師請假好不好？」

「沒關係啦，剩下最後一節課了。」他已經穿了自己和億賢的外套，又披上于佳的，他說是悶汗，可是天氣太冷，就算這樣也逼不出一滴汗。

依照老師每過兩個禮拜就要把座位往左移的規則，現在的我們剛好坐在窗邊，最冷的地方。對於怕冷的我和生病的詩彥來說，都不算是好事，所以我關上窗戶，避免讓風吹進來。「不行啦，你打電話叫你爸媽來接你吧，你這樣等一下怎麼一個人回家？」

「我有你們這群好朋友陪著啊，」詩彥看著我，伸手過來又把我的瀏海弄亂，只是這次一點力氣都沒有。「真的擔心的話，幫我倒杯熱水好嗎？」

看著他遞到我手裡的杯子，我看向于佳，她一臉無奈的攤手。「……好吧。」

他的雙頰因為高溫而脹紅，身體軟軟的趴在桌上，剛跟我說完話就閉上眼睛，看就知道非常不舒服，他卻還在硬撐。早知道昨天就不要出去吹風了，害得他把圍巾讓給我還感冒。這個笨蛋，什麼叫做我沒有感冒就很感謝我了……那你現在感冒，我不是就要自責死了嗎？

「謝謝。」

「謝什麼啊，我應該的。」當我把水杯放到他桌上，把他搖醒的時候，他依舊漾出笑容，好看卻蒼白。

他喝了一口水，視線停在我身上。「對啊，都是妳害我感冒的，所以妳應該照顧我。」

我點點頭，覺得他這樣怪到我身上似乎比看見他的笑容還要舒緩了一點愧疚。

「什麼啊？你們兩個在說什麼？有隱情喔！」于佳突然指著我們兩個，有些八卦的大叫著。「有什麼我不知道的事？」

她的叫聲引來了亞如的注意，她轉頭看了我們一眼，然後又繼續看她的書。我不知道為什麼我會注意到她的動作，心裡有些不祥的預感。

「什麼啦？妳那張笑臉看起來好邪惡。」詩彥喝完了水，把剩下的一點點往于佳身上潑。

「邪惡個鬼啦，是你說曉語害你生病的啊，」于佳轉而看向我。「曉語妳跟我說說吧。」

「我……」我要說什麼？說我昨天在音樂教室外面的走廊吹風，詩彥怕我冷就把他的圍巾借我，然後害他感冒了？可是在社團時間去音樂教室這件事情，已經變成我跟詩彥共同的祕密，雖然也沒有約好不能講出去，但兩個人自然而然的沒有說出來，久而久之就不太願意告訴其他人了，現在要我說出來，心情有些微妙。

「她昨天說要吹風就打開窗戶，可是我冷啊，叫她關起來她不關，結果我就感冒了。」詩彥趴在桌上，有氣無力的解釋。

于佳一臉懷疑的看向我。「是這樣嗎？」

「原來你們兩個昨天是在搶窗戶啊。」亞如悠悠的開口，笑得很美，美得很突然。

鐘聲響起，忽然萬分感謝這萬惡的鐘聲，在一個極好的時間點打破這種奇妙的尷尬。我轉頭看著詩彥起身坐好卻仍然閉著眼睛的痛苦表情，真的好希望這最後一節課可以快點結束。

「曉語。」

「嗯？」

上課之中，詩彥突然叫我，我剛要轉頭，就又被他定住。「看著前面，聽我說就好……」

現在想起來，如果當時他的要求，我沒有拒絕的話多好，如果我夠有眼力的話多好，如果我可以真正懂得他的用意多好，如果我沒有執著的話多好？至少現在不會想這些如果，也不會有之後的事情發生，怕人的我也不會變得更怕人，也不會失去一個當時認為的朋友，或者……說是本該早一點得到的感情。

「送到這裡就可以了，你們快點回去吧。」詩彥的表情不太好，走到了他家巷口，他從我手中拿走了他的書包，跟我們一群人揮手。

「嗯，你好好休息。」我以為他只是身體不舒服，所以沒有多問他，站在原地看著他走進家門才轉身往自己家走去。

沒錯，我堅持送他回家，雖然身邊還有于佳和億賢一起。一方面是擔心他一個人不行，一方面是他在課堂中對我說的那句話——「如果妳真的自責的話，今天放學就自己先回家吧。」

他才不是怕我自責，也不是怕傳染給我，他怕的是人心，可我並不知道，只是單純的不希望他把我從這件事情之中排除，既然是朋友，億賢、于佳送他回家，我這個罪魁禍首更有義務陪著。所以我傻，傻得可以，傻得沒法救了，這樣想來，失去他好像是我活該。

「亞如？」剛走到車站，就看見亞如站在那裡，我記得她家不是往這個方向的。

「嗨，你們怎麼還沒回家？」她抬頭，朝我們打了個招呼。

「要準備回去了。」于佳摟住我的肩膀，然後朝另一邊的億賢笑了笑，億賢伸手就攔下一台公車。沒有多說話，我就被他們拉上了車。「哎，我回家走路就好了啊。」

「請妳吃飯啦，去不去？」

「去。」

很久以後我才知道，原來他們都看得清清楚楚，只有我自己一個人不明不白，他們說過我幾次傻，但我依舊沒有領悟過來。

他們在幫我躲避危險，我卻渾然不知。

陌生的人，總會變得熟悉。

大人總是提醒我們，人類的一生是多麼多麼的短暫，該把握什麼、放棄什麼、懷念什麼、忘記什麼，全都是一念之間的事情。也許我們沒有辦法控制自己的人生如何高潮迭起或者平凡安逸，但是生活周遭的人事物卻可以隨時隨地改變我們的方向。

例如：朋友，或者說是變質的朋友。

昨天在網上看完一個令人惋惜的愛情故事，從相識到相愛，從相愛到分開，短短幾個月平淡卻銘心刻骨的愛情故事。也許我能看懂別人的愛情，甚至能從中受到感動，但這樣的情感對我來說畢竟陌生，愛情到底是一個怎樣的感覺，恐怕我也說不出個所以然。身邊的同學總是玩著誰愛誰、誰不愛誰的遊戲，而我總是思考著愛情為什麼在這個年紀看起來那麼容易？

可是愛情又怎麼會是個遊戲？

「孟曉語，不是吧……連妳也感冒？」放完了一個週末，回到學校，我戴著口罩的樣子讓于佳用力的搖了搖頭。

座位上的詩彥看了我一眼，眉間皺了起來。我故意笑瞇了眼，口罩遮著大半表情的狀況下，即使沒有笑容也得給人家一個安心的根據。「嗯，大概是坐在窗邊太冷了吧。」

我想，我跟詩彥是同時得的感冒，只是發作的先後順序罷了。我剛拉開椅子坐下，肩上就被拍了幾下，回頭，看見的是詩彥滿臉的擔心。

「對不起……」

「你幹嘛？」面對他的道歉，我只是感到疑惑，是在說送他回家的事情，還是以為自己把感冒傳染給我？

「就……很多事情，對不起。」他低下頭，歉意在臉上。

其實我不是很喜歡他這樣一味的道歉。「我聽不懂耶，這樣我到底是要接受還是不接受？」我笑了笑，收走他桌上的雜記本，起身往講桌走去。

爾後，我並沒有回到座位，而是走到外面走廊上，今天雖然還是很冷，但柔黃的陽光灑下，讓空氣聞起來都有溫暖的味道。不知不覺的，想起那天他在音樂教室前面給我繫圍巾的樣子，分辨不出那到底是怎樣的情感波動才有那樣的表情，無措之間，卻也無法抹去那溫柔的殘影。事實上我也沒有想得太深入，畢竟這樣的思緒實在太陌生，就連他今天莫名其妙的道歉也是……

「不舒服怎麼還來學校？」

很不安。

我知道是他，還細心的幫我拿來了外套。「沒那麼嚴重啊，而且吃了藥就還好。」

「可是妳臉色很不好看。」他的音量大概只能剛好傳進我耳裡，細微卻清楚。

「我戴口罩，你怎麼看得到？」也許是因為難得曬了曬讓人感到輕鬆的太陽，我隨意的開著玩笑，剛說完才發現自己竟沒了平常的小心翼翼，這樣相處其實挺舒服的。

他沒有說話，只是笑了幾聲，然後要我快點回教室，別在外面吹風。

我披上外套回到教室，正好撞見拿著幾支竹掃把要出來的亞如。「早安。」

「早……」她快速的抿起笑容，再以同等的速度收回。「妳今天生病就別出來晨掃了。」

我看了眼黑板角落寫的值日生座號，轉身拿過她手上的其中一支掃把。「走吧，怎麼好意思讓衛生股長幫我掃？」

「隨便妳。」她瞥了我一眼，快步走在我前頭。

我一直覺得這個女孩子有很多面貌，有點捉摸不透的感覺，每個笑容、每一句話似乎都帶著一點令人不安的成分，可又什麼都沒發生。也許是我自己多疑，也許是她本來就這個樣子。

操場邊的落葉一點一點的被堆在樹根下，掃地的不是只有我跟她，還有別班的值日生，他們打打鬧鬧，我們則無言無語，只有竹掃把摩擦地面的聲音，我倒是享受這樣的寧靜，週末躺了兩天沒得運動的身體現在得以伸展，掃地變成一種很舒服的事情。

「好巧喔，你們輪流感冒了。」正當我以為我們會這樣安安靜靜直到掃完，她就發話了。

「誰跟誰？」我抬頭，但沒有停下動作。

「妳跟詩彥啊。」她笑了起來，嘴角勾起微微顫抖的弧線。「好恐怖喔，坐在你們兩個附近。」

我起了一身雞皮疙瘩。

「那妳可以跟老師說妳想換個位子，」我還沒說話，身後就有人回應。聲音是億賢的，他是今天的另一個值日生。我朝他揮揮手，他牽起一個無所謂的笑容當作打了招呼，然後拿過亞如手上的掃把。「我願意跟妳換。」

亞如沒回應，拍了拍手上的沙塵就走了，順便帶走了空氣理的不安分子。又只剩下掃地的聲音，時間還早，別班的值日生懶懶散散的回了教室，億賢來了也只是做做樣子掃幾下，晨掃的工作就算是告了一段落。

「我真的不喜歡亞如。」億賢說道。「妳不覺得她講話都帶刺嗎？」

「刺？」我笑。「還好吧。」

「而且她身上有種陰險的味道。」說完，他動了動鼻子。

「你有聞到？」有時候億賢的思維我真的不太能理解，原來我認為的不安，在別人眼裡變成了陰險。

不過那時沒人能夠驗證億賢的鼻子到底靈不靈，只是每當我想起這段無厘頭的對話，就是一陣毛骨悚然。

「反正，我看她不太順眼。」

「她又沒惹你，走啦，回教室。」

我拍拍他肩膀，先一步往教室走去。那時我就在想，當同學也有一段時間了，其實我也慢慢的能夠習慣亞如這樣不安的特質，也習慣億賢這樣直來直往，于佳的大剌剌和詩彥的……咦？我竟然說不上來自己到底習慣了詩彥的什麼，一直以來都是先有習慣才會更熟悉，為什麼明明我跟詩彥最熟，卻一點都沒辦法形容這個人？

或者說，他的多變讓我無從形容？

這個城市、這個學校、這個班級，還有圍繞在我身邊的人，每一個都是從陌生到熟悉，我習慣了叢叢的水泥森林，習慣了車水馬龍的喧囂中伴著讀書聲，習慣了跟壅塞馬路不相上下的課程和考卷，也習慣了很多同學的面孔，每天每天都要面對這些，唯獨坐在身後的那個人，像是手心圈住了天空的太陽，卻抓不住溫暖，既充實又空虛的矛盾感受。

第一次，我突然覺得詩彥好陌生。

一封空白的署名。

最近詩彥不太跟我說話，雖然還是一起坐公車、還是一起鬧著于佳和億賢，但明顯的沉默許多，也只有跟于佳他們在一起的時候才會有一點點交集。我不知道這樣的變化是好還是壞，卻實實在在讓我不安了好幾天。

「我晚點去。」

就連每次都會一起來的音樂教室，也變成我一個人來了。握住手上的紙條，我甩甩頭，嘗試著想要甩掉這種奇怪的感覺，卻搖來了更多的黯淡。我沒辦法形容心頭這種有點苦又有點酸的滋味，這到底算是在意還是其他的東西？也不知道從什麼時候開始，他帶給我的所有感覺，我都沒有辦法用一個詞語概括，總是這個加上了那個、那個又交織了這個，全都堵在了心上，好不容易忘了，沒多久又浮現，就像一種病，會發作的病。

「為什麼不彈琴啊？」黑色的鋼琴面上映著詩彥從門口跑進來的身影，我藉著倒映看他貼心的把門關上，又繼續看著他走到課桌邊脫下厚外套，跟我的放在一起。

「還發呆？」他的聲音透出一絲笑意，在我的身後弄亂我的頭髮。「喔！好像變長了一點……」

我第一次發覺自己竟然這麼仔細地觀察他所有的動作和語氣，好像特別看他的眼色。「想、想聽什麼歌？」

「嗯……我也不知道耶，妳彈什麼我就聽什麼吧。」他背對著鋼琴坐到我的身邊，我們就這樣挨坐在一張氣壓椅上，他很喜歡在我彈琴的時候這麼坐著，我想他大概也把腳放到後面的課椅上了。也許是幾天下來的冷落，讓我沒辦法適應現在突然溫柔的他。

冷落？我怎麼會用這個詞？

雙手擺上鍵盤，我卻想不起來任何旋律，到底是什麼讓腦筋如此空白？我竟然還害怕這樣的空白。隨便按下一個琴鍵，琴音好似打破沉默，又好似重重撞擊在我的心上，清脆、響亮，卻沉重。

「怎麼了？」

「沒事……」

就著剛剛按的琴鍵，我隨性彈了起來，只是平常不擅長即興演奏的我，此時竟然放任雙手那樣舞動著，沒有一絲遲疑，剛剛的空白彷彿一點都不存在一樣。這樣的演奏出乎了我自己的意料，就像我不會去設想自此之後我跟詩彥會發生什麼變化，或許，根本就沒有「或許」這個選項，下一秒的人生不需要這麼模稜兩可的說詞，它只是順其自然的，成為我們無法想像的那個模樣，而我們太過弱小，從來沒有任何控制權。

他沒有說話，我並不懼怕這樣的沉默，寂靜即使跟著琴聲一起融合在空氣中，吸進肺裡，儘管清冷但沒有想像中的刺痛，雙手還是繼續飛舞著，還沒有停下來的意念，或者意識中知道停下後就必須去面對被迫打亂的安寧，而我不想要這麼做。

事實證明一切的掙扎都只是徒勞，因為時間會流失，那些我該抓住而沒有意識到要抓住的東西，也都會流失。

即使目前為止，我依舊不知道我該抓住什麼，嗯，至少在這最後一個餘音消失的當下。

「曉語。」他的聲音在我耳邊響起，太過靠近而顯得突兀。

「嗯？」指尖還沒離開鍵盤，單音節的回應或許不該加上問號，因為我只是單純的做出反應，好奇心並沒有強烈到需要聽到他呼喚我的下文。

但人都是犯賤的。

「妳覺得這樣好嗎？」

我轉過頭，看見他逆光的側臉，刺眼卻讓人移不開視線。「什麼？」

他的目光鎖著我，我們能夠呼吸的空間，我只能透過他的瞳孔確認，我想他也是。他笑了，用眼神強迫我不能逃開他的注視，我心虛的繼續凝望著那雙我從不敢認真對視的眸子。

一動都不能動。

「我們兩個啊，」許久，他先別過了臉，就像把我從他的瞳孔中丟開一樣。「像這樣每個禮拜單獨的待在這裡。」

「我從來都沒有多想，」我也轉過頭，和他保持著並肩卻視線相反的坐姿，透著琴面看著背對鋼琴的他，我想我真的很珍惜能跟他一起坐在同一張氣壓椅上的時間，只是我所想的比我能夠意識的少得太多了。「但老是覺得有些不妙。」

我可以聽見他的輕笑，卻猜不出來到底是從鼻息中不經意形成，或者他早就準備要這麼笑了。

「笑什麼？」

「原來妳覺得不妙啊……」

如果我沒有聽錯，那語氣中的惋惜又該怎麼解釋？

「不過那種不妙的感覺，似乎不是在你身上。」問題出在我身上，因為我開始為這原本應該舒服的相處感到緊張，正確來說，是悸動。

只是這個詞，當然不是在那個年紀領會的。人，總是要度過一些後悔才會懂得以往錯過了什麼，接著豁達、麻木，然後再度錯過。

他還是笑，這次我感到有些莫名其妙。

我透著琴面看著他的背影，他明明就在我身邊，那個肩膀的高度是我只要輕輕拿掉重心就可以倚靠的高度，他明明這麼近，我竟覺得他慢慢的有些飄忽，而且越飄越遠。

「妳真的很特別……」肩上突然有些沉重，他的頭靠在我的肩上，短短的髮絲摩擦我的臉側和頸間產生細細的搔癢感。

「我喜歡這份特別。」他說道。

我無法回應他的話，莫名覺得他靠在我肩上有種微妙的安然，我喜歡這份安然，就像他喜歡我的特別一樣。我不再那麼過度意識他對我的親暱，從他靠在我肩上開始，因為安然，所以習慣了這份親暱，即使只在這單獨相處的空間裡，近乎背對背的並肩。

我笑，雙手再度擺上琴鍵。

儘管回到教室後，他的溫柔淡了一半，卻宛如琴聲有餘韻似的，他偶爾的笑容總能讓我彷彿感覺到肩上的餘溫，然後回以相應的笑容。

覺得自己又離他更近了一點。

「孟曉語，有人給妳這個。」一上課，亞如就遞給我一張折得十分工整的紙條。

「這是什麼？」我拿著那張紙條，看著那讓人連打開都得小心翼翼的整齊折痕，沒有去思考那個「有人」的人是不是真的有這個「人」。

「誰知道，妳打開不就好了。」她轉身在自己的抽屜裡尋找課本，語氣無關緊要。

我輕輕沿著折痕拆開紙條，簡簡單單的一行字，沒有來源，亦沒有收件者，乾淨俐落卻刺眼的一行字，分量重得足以讓我匆匆折起，往書包裡丟。

如果可以，我情願永遠沒有拆開……

因為不是普通的存在，所以不要靠近暴風中心。

其實我大可以忽略那一行字的衝擊，至少這樣我能夠維持原本的生活和心態，但理智並不允許我這樣做，它不夠強大也無法覆蓋濃烈的感性，動彈不得直到被澈底吞噬，促使我學會逃避。

自然而然的。

「寫了什麼啊？」亞如湊了過來，壓著氣音卻壓不住好奇，一反剛才的無關緊要，或者她只是按捺不住而已。

「嗯……沒什麼。」我搖了搖頭，試圖搖開內心的慌張，卻發現整個世界隨著視線晃蕩。雙手抓著課本，想像它是我的心，我一用力就能捏皺它。

可是，不痛不癢。

「情書？」歡快的問號從她嘴裡跳出，輕易地穿破我的耳膜，攪亂我原本就不安穩的思緒，那語氣中的笑意聽起來有種淡淡的揶揄。「喔？沒有反駁呢。」

「高亞如。」

在我開口之前，身後便傳來聲音，帶著女孩的正義，回過頭，于佳的目光銳利而毛骨悚然。不是對著我，可我下意識地想著那怒氣中是否有一半我的責任。

「幹嘛啦！」

「上課耶，妳很吵。」

我轉身坐正，知道自己剛剛的緊張不過是對號入座，也許于佳生氣不完全因為亞如，但也不能完全把我排除在外，只是成分沒有我想的那麼多，未知的那部分，我想等到下課以後就會瞭然。

課程正常地進行，翻書與筆記的聲音和老師講課的聲音交織出最安靜的浮躁，我用理智保持著與別人一樣的姿勢，情緒卻不在這控制範圍內。抬眼望向窗外，此時此刻我是多想離開這裡。

窗突然被關上，玻璃上貼著一張便條紙——「沒事的。」

我沒有取下那張便條紙，只是畫上笑臉後再度打開窗戶。

沉默又一次擴散，確切來說，是只有我跟他在的地方才這樣窒息似的沉默，它的緩慢拉長了時間，相互無語到了應該嘈雜的放學時間依舊彷彿年與年的間隔，每一秒都無法換氣。

「曉語，妳到底怎麼了？」于佳開了口，打破這本不該連她一起拖下水的低迷。

我帶著歉意扯出笑容。

「還不是因為妳上課突然兇人，嚇到她了。」詩彥語氣責怪，也帶了一點玩笑。

于佳往他肩上巴了一掌，我還是笑著看他們兩人打鬧，不經意地對上億賢的注視，他一直在我們身邊，卻始終站在圈子的邊緣，用鷹一般的眼睛看清一切。

他轉移了視線，走到我身旁。「我不希望妳往那個中心走去，因為妳沒有于佳那樣的抵抗力，不，說白一點，她本身就是個抗體，能夠用最普通的方式待在詩彥身邊。」

「什麼意思？」

「妳和我一樣，只能在一旁觀望。」他深吸了一口氣，再用力吐出。「或者，我該把妳拉離那個中心。」

那時，我不懂他的意思，也沒有心思聽懂，然而他的話竟成為我後悔的開端，到頭來只能獨自品嚐苦澀。原來當時的他早就替我意識到暴風的形成，我站在形成中心，也可以說是他替自己意識到這往後的一切，順便想把深陷其中的我拉出來。

「妳知道嗎？」他壓低了音量，在這喧囂的走廊上。「我喜歡于佳，真的很喜歡。」

我很吃驚，不是驚訝他的勇敢坦承，而是詫異自己現在才發現原來這樣理性透澈的人也會有感性的成分。

「但是我不想告訴她，」他笑得豁達，雙眼凝望那與詩彥打鬧的身影。「因為我沒辦法像詩彥那樣，成為她生命中普通的存在。」

億賢的話，聽起來有些深奧。我沒有做任何回應，但他知道我在聽。

「我覺得妳有一天會想起我說的話，然後懂得它。」聰明如他，語氣中帶著不同層次的豁然，視線轉到我身上，我從他的眸光中看見了自己的茫然。「但在懂得之前，我還是不希望妳離那個中心太近。」

「如果我不小心靠近了呢？」我問，只是單純的假設。

他依然看著我，眼神卻複雜得多。「不要做這麼危險的假設！」

危險，他說。

其實他想告訴我的很簡單，人總要面對那些打破安逸的波瀾，生命總是輕易地被激起漣漪、被吹起巨浪，我們或許是池塘裡的一片落葉，或許是海上漂泊的船隻。漣漪輕起，枯葉顛簸；巨浪洶湧，船艦沉沒。人就是這麼弱小，感情也是這麼弱小。

站在暴風中心或許得到了短暫的寧靜，卻不比遠離要來得平安，他不想我被傷害，也想自我保護。這麼想著，感情似乎都變得自私了起來，那些偉大的道理碰上一個「愛」字就全都往一邊偏去。

我忽然想起書包裡那張紙條——寫著「我喜歡你」的那張紙條。

我情願那是張玩笑，一個能夠一笑置之的玩笑，感情於我而言是一個遙遠且富有罪惡感的東西，這種觀念早已深植在我心中，理性上認為自己在心靈成熟之前，感情是碰不得的。

理性上。

但我哪裡有那麼大的力量去控制這種感性過剩的賀爾蒙？尤其在這張玩笑上，一點來源的跡象都沒有。

「億賢，你有想過把自己的感覺告訴于佳嗎？」我看向他，而他視線在前方，眼光閃爍著不同於他平時的溫柔，多出了寵溺。

「想過啊，怎麼可能沒有想過？」他笑了，眉眼間的渴切被笑意蓋過。「可是啊，我該怎麼去說呢？那是件危險的事情啊。」

危險，他又強調了一次。或許我們都還太年幼，不懂得為了愛不顧一切；或許我們都還沒有辦法認清「喜歡」的定義；也或許那所謂的「喜歡」，並沒有強烈到需要說出口的程度。億賢笑容裡的悲哀，大概更多的是害怕，害怕說出口後失去的那些會有他現在喜歡的東西，包括于佳，那樣受傷害的只會是自己。

所以愛情還是自私的，這個當下，我突然明白。

「也許說出口並沒有你想像中的危險，」我說。「你在去做之前就為這件事情下了設定，可是她的反應並不會在你的意料之中，對吧？你不是她，而且我想……」

我將視線從他身上移開，望著詩彥。「不論是你或我，都還不懂愛吧。」

我承認我不夠普通，我還搞不清楚心裡那種異樣的感覺，可是我還是想站在他身邊，無論是哪一種身分，因為我知道他是我很重要的朋友，至少我現在能夠確定。

聽過億賢的話，我突然覺得書包裡的那張玩笑澈澈底底就是個玩笑了。

如果妳想說，我會聽妳說。

交上最後一張考卷，迎來高中生涯的第一個寒假，我收拾著書包，等著參加休業式。黑板上再也不是名詞解釋、英文翻譯或是數學公式，也沒有了那些未交作業、午休補考的黑名單，就連值日生的名字也被擦得乾乾淨淨。

直到現在，我才有升上高中的實感，原來時間在我還沒有適應的時候就已經過去了。

適應什麼？我也不知道。

「哎，放學後慶祝放寒假，去哪玩？」于佳走到我隔壁空著的位子坐下，興致滿滿的問。

「難得喔，屁桃也有不錯的想法，」在于佳的瞪視下，詩彥嘻嘻哈哈的朝著另一邊的億賢。「兄弟算你一個，要買票嗎？」

億賢立刻走了過來。「如果免費的話。」

「天下哪有白吃的午餐啊！」

「不好意思，我還滿聰明的。」

對於兩位男士的冷笑話，于佳翻了個白眼。「彭詩彥你不想想自己的成績哪裡比得過人家？」

億賢斜倚在于佳的桌子邊，還細心地替她排整齊了桌上凌亂的課本。他抬頭對上我的眼神，愣了愣，隨即別過頭繼續跟他們討論。

即使只有一瞬間，我還是看見了他眼中的無奈，無奈自己想要逃離這個暴風圈，卻總是在不經意的時候被捲了進去，無條件反射的待在想要待的地方，只因為那個地方有偷走自己心緒的人，所以盲目的靠近，騙自己這樣的距離很安全。

那我呢？

「那妳呢？」于佳的手在我眼前揮動，把我的思緒從半空中揮了回來。「孟曉語？」

「什麼？」我環顧了一圈盯著我的眼睛，從那裡看見自己茫然的表情。

「我們要去ＫＴＶ，妳去嗎？」詩彥輕輕把玩著我的頭髮，這樣好似無心之舉卻讓我已經在意好幾天，不知道是不是因為天天在我後面看我的頭髮實在是手癢想拿來玩玩，結果就養成了這奇怪的習慣。

「我……」當然，那樣的舉動不是只有我注意到，我瞄見億賢和于佳微微變色的眼神，於是移了一下身子讓頭髮從他的手掌心滑開。「不會玩太晚的話就去吧。」

「ＯＫ！就這樣決定啦！」于佳笑得興奮。「終於可以大玩特玩啦！」

「你們要去哪裡玩啊？可以算上我嗎？」亞如的身影伴隨著她的聲音進入我們的視線，她手上拿了一些掃具，好像剛從外掃區回來。

于佳站了起來，讓出那個原本屬於亞如的座位，與幾秒前不同的冷著張臉。「人數已滿，停止售票囉！」

億賢笑了，和于佳擊掌。

我實在不知道自己是太習慣跟著他們的意思走，還是自己其實也有那麼一點私心，想要再聽一次詩彥唱歌的私心，就這麼跟著來，明明從小到大都還沒有來過ＫＴＶ的。

「什麼？妳從來沒有來過？」于佳從表情到聲音都是百分之百驚訝。「不是吧，孟曉語，妳的童年怎麼過的？」

「我……」

「看來要好好教妳怎麼玩了。」

她打斷我的話，一隻手勾住我的脖子，整個身子的重量壓在我肩膀上，我喜歡這樣的重量，像是提醒著我，我的的確確是跟他們在一起，我們是一起的，有我，和他們，我們。

「我們」，讓人如此渴望卻無法奢望的詞。到底誰加上誰等於我們，那個「誰」到底有沒有包含我？這個問題在我腦海裡揮之不去，每到一個新環境，開始了一段貌似美好的友誼，就必須要問一次自己，儘管最後都得裝作積極的自我說服：是、這是、這是「我們」。或許我現在也正在裝作積極的說服自己，只是現在的我還不知道而已。

可以的話，我情願永遠都不知道。

走進有些昏暗卻令人興奮的包廂，于佳和億賢早就興高采烈的出去拿吃的，留下我跟詩彥。

「在想什麼啊？表情那麼沉重。」他問。

我看著他，只是笑。「沒有啊，想到要放假了，就不能常常見到你們了。」

「約出來就好啦。」他跟著笑了起來。「有什麼難的？」

有什麼難的？難啊，難就難在我沒辦法好好的打破心裡的那道鎖。

「誰知道呢？」聳聳肩，卻發現他定定的注視著我，眼神滿溢了擔心，我笑。「幹嘛？不要這樣看我。」

「我可以問妳一個問題嗎？」

「嗯。」

他的眼神沒有離開我。「為什麼妳總是在悲傷的表情之後笑？」

笑容驟止，僵硬的凝結在臉上。什麼時候已經成為習慣了呢？發現自己想法逐漸消極的時候，用笑容來嘲諷自己那些不堪入目的演技演出來的樂觀。

「那樣笑一點都不好看。」我聽見他低了一些的聲線在空氣中結合了這個句子。「心情不好的話，如果妳想說，我會聽妳說。」

我有些不敢相信，這樣的寬容竟然降臨在我身上。「任何事情都可以？」

他肯定地點頭。

「詩彥，以後不要對我說這樣的話了。」我向後靠著椅背，目光聚焦在螢幕上閃閃發光的動態廣告。

「為什麼？」

因為會產生依賴啊，一旦產生了依賴，若最後面對分離，這種東西是最難忘也最難改掉的。「依賴」是一種壞習慣，會讓變得孤獨的自己，失去寂寞的能力。

「因為我講的一定不會是我想的。」我笑，笑裡有苦澀的滋味。我沒辦法輕易的信任任何人——任何一個讓我敞開心胸的人。如果心事是人生問卷上的答案，那我一定是找不到答案紙的那個人。

「那妳講妳想的不就好了？」他的眼神、他的語氣是多麼的認真。

如果可以那麼簡單就好了。

我們對望著，我沒有回答他，他也沒有再出聲音。

「我回來啦！」于佳推門進來，端著托盤定在門口，瞬間把嚴肅的氣氛感走。「怎麼？你們兩個在吵架？互瞪是怎麼一回事？」

「哪有啊，我們在比賽誰先眨眼睛啦！」詩彥接過她手上的食物，不再是剛剛凝結的神情。

「喔那誰贏了？」

「才剛開始比，妳就進來啦，還沒結果呢。」

「那等等算我一個，億賢你要不要一起？」

剛進來的億賢還搞不清楚狀況。「蛤？什麼？好啊。」

「好耶，這是唯一可以贏過你的機會了！」于佳對於億賢的應允顯得很開心。

「我聞到了什麼陰謀的味道？」億賢看向我，似乎想從我這裡得到答案。

我聳聳肩，陪著他們玩下去。「嗯～好香喔！」

「哈哈哈，孟曉語，接得好！」于佳大笑著把麥克風遞給我。「姐賜妳唱第一首的權利。」

「我……」我看著手上的麥克風，開始覺得無措，轉頭看向已經開吃的某人。「詩彥，還是你先？」

「好啊。」他接過麥克風，轉身去開始點歌。

沒過多久，音樂響起，他的聲音也迴盪在耳邊。那是首中板速度的情歌，具有節奏感的吉他伴奏跟他有些渾厚的聲音很合，不可否認自從上次在環河公園聽他唱歌之後，就一直很喜歡他的聲音，而現在，他邊唱著，偶爾轉過頭來看著我，我的耳邊全是他的聲音，不知怎地，有點緊張。

這大概就是我坐在這裡的私心了吧，我很喜歡聽他唱歌，真的很喜歡。

「什麼啊？這誰點的？」于佳突然間叫了起來。

詩彥唱完後，螢幕開始播放下一首，鋼琴前奏猶如緩步走在沙灘的腳印一般，那不是陌生的旋律。我看著于佳，搖搖頭。

「是我。」億賢的聲音透過麥克風傳來，大家都驚訝的看著他。

「這首歌很難唱啊！」詩彥笑道。

「我知道。」只見他拿著麥克風站了起來，一副很認真的走到前面，等著前奏播完就開唱。

他輕輕地唱，時不時走音、落拍，唱得不是很好，但我看著他有些毅然決然的身影，對於他喜歡這種類型的歌感到很意外，但更令我意外的還在後頭。

他拿起另一支麥克風，走到我面前直接塞到我手裡，然後指著螢幕。

我看著手上的麥克風，又看向他。這是要我唱？

他朝我點點頭，甚至將他自己的麥克風湊到我嘴前。

「突然間發現自己，已深深愛上你……」我有些慌張的開了口，還看了看詩彥和于佳，他們兩個除了驚訝之外還帶著一些興奮，詩彥甚至還跟著在唱。

億賢走回他的位置，把視線從我身上移開，繼續唱著。「I love you無法不愛你Baby……」

「I love you永遠不願意……」我接著唱，眼睛盯著歌詞，慢慢懂了什麼。

對億賢來說，這根本不是什麼相愛而不能愛的人在唱的歌，這只是他想要抒發自己的感情，那種被禁錮而難以抒發的感情，把麥克風遞給我，則是……

「喂，這應該不是對唱的歌吧？」于佳帶著嗤笑的語氣說著。「怎麼你們兩個像是各自在對喜歡的人告白啊？」

我看向詩彥，他已經不再繼續跟著唱，而是定定的看著我。

「妳說什麼就是什麼囉。」億賢在歌曲結束後放下麥克風，悠悠哉哉的坐回沙發。

我愛你，無法不愛你，說你也愛我。我愛你，永遠不願意，失去你……

放下麥克風，我瞬間感到無地自容，推了門就跑出去。

承認吧，孟曉語。

有些回憶，怎麼想都是痛的。

洗手間裡，我看著鏡子裡的自己，突然覺得什麼都看不清了，我看不清我的面容，更看不清我的心。

到底為什麼？為什麼我會想要逃離？明明就只是唱了一首歌，為什麼要逃？我不懂，當唱完的時候，那突然重擊腦袋的暈眩感，那種迫使我覺得自己什麼都不是的感覺到底是什麼？這種感覺從來沒有過，好像有什麼失去了控制，有什麼從我不注意的地方掉落，我用盡全力都沒辦法阻止它平息。

突然想起剛剛詩彥凝視我的眼神，那個令我慌張的眼神，洶湧波瀾又藏著什麼期待，好像閃避不及就會被淹沒似的。從來沒有看過，我也看不懂。

有解答嗎？誰可以直接告訴我答案，不要讓我一個人猜？我最討厭一個人了，真的。

「曉語，妳還好嗎？」

詩彥的聲音從門外傳進我的耳裡，這時候我才真的看清楚了，那害我看不清又佔據雙頰的是什麼——我不容易哭，我真的沒有那麼脆弱，可是那一行一行在我臉上濕了又乾、乾了又濕的痕跡，證明了此時此刻的我，軟弱不堪。沒有理由什麼都沒有發生就讓我變成這個樣子，一定有什麼不一樣了，只是我不知道。

我洗掉了臉上的淚水，對著鏡子裡的倒映練習笑容，然後踏出門外。

「曉語……」

「我沒事。」沒有看他，我逕自往原本的包廂走去，卻在門邊被拉住。

「等一下！」

「就說我沒事了嘛。」我撥開他的手，努力的擠出一點笑容，可對上他的眼睛，我卻不知道怎麼笑了。「我只是……剛考完壓力突然釋放而已。」

連我都佩服自己，在這麼短的時間想到這麼具有說服力的藉口，如果我的表情更有說服力就好了。

他凝視我一會兒，突然推了門進去。「別動，在這等我。」

不允許反抗的語氣，也不允許玩笑的表情。我害怕這種嚴肅而摸不清底線的命令，所以站在原地，一動也不敢動。他很快地出來，把書包塞到我懷裡，扯著我的手腕往出口疾走。

「你幹嘛？」我慌張的想要掙開他的束縛，但他的手就像深鎖的手銬，栓住我的手腕，越掙扎就越牢靠。「彭詩彥！」

他不理會我，一句話都不說，連回頭都沒有。我們就這樣上了公車，往我不知道的方向去。

車上沒有很多人，我們坐在最後一排，我倚著窗，已經放棄掙扎了，即使真的被抓得很痛，也就任由他那樣緊緊抓著我的手腕，安安靜靜的看著窗外。既然沒辦法反抗，那就不反抗了吧，反正現在的我，心情也亂得讓我沒有力氣再反抗了。

窗外的街景在眼前紛紛往後掠過，從熟悉到陌生，從明亮到昏暗，再從昏暗到街燈繽紛，繁華多彩的燈光熱鬧了原本應該沉寂的夜色。不知怎地，這樣安靜的坐了好久，混亂的心漸漸的平和下來，

我動了動有些僵硬的身子，手上的束縛還在，但是沒了剛才緊緊勒住的感覺，我低頭看了看那隻抓著

我的手，竟覺得安心。

「好點了？」似乎是察覺到我的動作，詩彥放開了他的手，而我手腕上泛紅了一圈緊緊的勒痕，他小心翼翼地捧起我的手，輕揉被他抓疼的地方。「對不起……」

我搖搖頭。「沒關係。」

看著他一臉愧疚的幫我按摩，細細感受著他的力道，我突然有種被珍惜的感覺，不知道是不是想起這半年以來的相處，還有每一次他那不經意的貼心舉動都深深的烙在我的腦海裡，想著想著心情就好了一大半。

「笑什麼？」他看向我，問道。

我愣了下，一隻手碰了碰臉頰。我笑了嗎？

他停下動作看著我。「怪人，妳不知道自己笑了嗎？」

聞言，我真的笑開了，單純的，心情很好。

「其實我今天一直在想妳說的話，然後發現了一件事。」他將我的手放回來，以一種貌似歸還的動作，看起來有些滑稽。

「什麼？」我看著隱隱約約還存在的紅痕，心頭突然覺得空落落的。

「妳總是說一些我似懂非懂的話，聽起來特別讓人心疼，好像每一句話的背後都有一個悲傷的故事，可是妳的表情又特別淡然，更多時候還是笑著說的。」詩彥的語氣很輕，一字一字打進我的心底。「那種笑，像妳請我喝的綠茶。」

我沒有回話，其實是不知道怎麼回話，因為我從不曉得他這麼細緻地觀察過我每個表情和反應，我以為只有我自己在看著他。

「跟大家在一起的時候，妳特別安靜，好像刻意把自己變成透明人一樣。」他的雙眼直直地對著我，不是那種強烈的直視，反而充滿疼惜和不解，極欲等待我給予答案的目光。「越是看著妳就越是發覺自己根本不了解妳，我想要靠近，可是妳身邊好像有一道牆，我過不去。」

我的身邊築起一道牆了嗎？什麼時候有一道牆了呢？

「我甚至覺得……」他深吸了一口氣，從眼神到表情滿溢著真摯。「妳對我特別防備。」

原來我在他眼中是這樣子的一個人，一個用牆把自己與世界隔開，對身邊朋友設下結界的人。我知道我善於隱藏，這是不得已的習慣，可是他不知道的是……即使是牆，也已經對他開了扇窗。我對善意都會有些防備，畢竟善意總有一天會變成惡意，不知不覺的就開始想要拒絕這些看不清真實的善意，不知不覺的開始忘記怎麼接受，也不知不覺的忘了怎麼分辨什麼才是真心、什麼才是假意，所以展現真心對我來說也變得更加困難，就算現在能夠感覺到他完完全全的把真心話告訴我，我還是沒辦法把所有的事實告訴他。

「詩彥，就是因為你老是說些太貼心的話，我才對你防備的啊。」我笑，看著他納悶的表情，繼續說道：「我不習慣……」

前方的車座又空了一些。「因為曾經說過這些話的人，都離我而去了。」

每個曾經願意聽我說話的人，最後都不願意聽我說了；每個曾經說好要陪在我身邊的人，最後連正眼都不看我了；每個曾經我以為的善意，最後都變成惡意了。

我提防的是那種一夜之間的轉變。

「就是因為太相信了，最後受傷的才總是自己，所以為了不讓自己再受傷，我只好築起一道又一道的牆來保護自己。」其實連我自己都驚訝於自己的坦然，心裡平和得一點都不像每次回想起過去時的自己。「我也不想要讓自己變成透明人啊，可是我不知道怎麼主動。」

「你知道嗎？」我再次看向他，發現他非常專心地聽我說話。「我真的很謝謝你，開學第一天，第一個跟我說話，不然那天我真的很不自在。來到一個完全陌生的城市，身邊都是跟自己的生活習慣有著很大不同的人，感覺像到了另外一個星球一樣。」

「所以我是跟妳說話的第一個外星人？」

「啊？嗯……也可以這麼說。」他突然間回話，又是這樣天外飛來一筆，讓我反應不及。

「到底是什麼把妳變成這個樣子的？」他話語裡帶著嘆息，嘆息間有些讓人摸不清的情緒。「妳原本應該是個開朗的人吧？」

「大概吧，我已經忘了。」聳肩一笑。「開朗」這個詞已經多久沒有在我身上出現了呢？

「我有時候會被妳意外的笑話嚇到，一起在音樂教室的時候，也會因為妳偶爾的多話感到新奇。」他的眼角彎起一絲笑意，像是在回想他記憶裡的我。「像今天這樣，這是我第一次聽妳說心裡話，感覺看到了跟平常不一樣的妳。」

「我也很驚訝，」此時此刻，我竟然感覺到了前所未有的舒坦，很久沒有這樣掏心掏肺的跟一個人說話，這樣的久違讓人感動得想哭。「跟你說這些竟然一點都不害怕。」

他伸手，揉了揉我的瀏海，就像我一直很喜歡的那樣，但今天格外讓人心安。「不要害怕了，我是第一個跟妳講話的外星人啊。」

「嗤……」撥開他的手，我也弄亂他的瀏海，真真確確發自內心的笑了。

他抓住我在他頭上搗亂的手，凝神望著我。「孟曉語！」

「嗯？」

「妳現在笑的樣子很好看。」

有些回憶怎麼想都是痛的，可是有些回憶，當再次想起的時候不會痛的話就好了。

番外一　再委屈，也沒關係。

當我走出教室，才知道剛才走廊上的狂笑聲是怎麼一回事。

拎起地上那僅剩的一隻鞋，我東張西望地尋找，終於在隔壁班的洗手台下發現了另一隻早已濕透的鞋子，默默穿上。

這種狀況不是第一次了，我已經習慣了像這樣時不時的玩笑，即使它帶有太過明顯的惡意。

「他們是不是對妳的鞋子有意見啊？每次都這樣玩。」女孩的聲音從我身後傳來，聽起來是替我抱不平，這種類似安慰的話語就像用紗布把傷口蓋住卻沒有上藥，對傷口一點幫助都沒有。

她是我的同桌，也是班上唯一願意跟我說話、唯一的朋友。

「那我改天不要穿鞋子來學校了？」我笑了笑，其實心裡實在是厭惡了左腳濕濕黏黏的不適。

「還是跟老師說進教室不要脫鞋子了？」她雙手抱胸，認真地思考道。

「這樣衛生榮譽就拿不到了啊，老師根本不會同意。」即使情感上十分贊同她的話，理性上卻只能被迫屈服於現實的情況，我改變不了什麼，也沒想過要改變。

「可是他們真的很過分啊，這樣妳上體育課很不舒服吧？」她指著我的鞋，皺起了眉頭。

「沒關係啦！」我伸手撫平她額間的皺紋，笑著。「也許等等太陽曬一曬就乾啦。」

「我不喜歡妳的樂觀。」她說。

「如果不樂觀，我可能會去自殺喔。」我說。

「不要！拜託……」

「開玩笑的。」

我有想過，如果國中三年都有她在身邊，那全校討厭我就沒關係了，我真的想過，很認真很認真的想過，所以我特別珍惜她，因為她無時無刻都站在我這一邊。至於為什麼班上的人會排擠我，其實我自己看得很清楚，要不是有人起頭，其他人也不會跟風，盲目的跟風，只因為帶頭的人勢力強大，跟著那個人走就一路有風罷了。

但是帶頭的人為什麼討厭我？我懶得追究。

「不是吧，今天在操場上踢足壘球？」一走到操場，就聽到她埋怨。

「怎麼了？」我記得她是個很喜歡上體育課的人。

在這鄉下地方，除了學校和家裡就是大自然了，不喜歡體育課的根本極少數，哪一個不是在外面曬得滿臉通紅才甘願坐下來待著？

「這樣就要分組啊，要是老師又用猜拳選人的方式，妳不是又要最後一個了？」她說。

「哪有不分組就好玩的遊戲啊？即使是最後一個，我也一樣會被分到啊。」我說。

「我真的很不喜歡妳的樂觀。」

「但妳接受了。」

猜拳分組最後，還是只剩下我一個。已經猜到的結果，事到如今我也不需要難過了，我朝著已經被分走的她笑笑，希望她不要擺出臭臉看著我，但她卻依舊那張難過得快要死掉的臉。

真是的，又不是她最後一個。

「哎，輸的就要把臭鞋子領走喔！」

「誰要臭鞋子啊！」

兩個要猜拳的同學說著類似賽前嗆聲的話，我卻能從句子中聽出嘲諷，即使他們沒有指名道姓，也沒有人讓我對號入座。但是實際上就是我，沒有別人。

其實被分到哪裡都沒差的，不過就是排棒的時候把我排到最後面，等待的時候沒人坐在我旁邊，防守的時候被發配邊疆，一如往常。

「孟曉語！下一棒換妳，好好踢，我們落後了！」

「嗯！」我笑著走上打擊區，說服自己：他們是在為我加油，而不是為了贏球。

我盯著投手，心裡估算著他會用多少球路對付我，不過我更清楚，現在的情況，不管滾來什麼球都得踢出去。

球路算是預料到了，是顆非常快速，往左偏的快速球。但球往左偏對擅用右腳的我完全不利，原本踩兩步就可以踢出去的球，現在變成必須多踩計算以外的一步，用左腳踢——

「哈哈哈……」

當踢出去的瞬間我就知道不妙了，現在的爆笑聲是因為什麼，我也一清二楚。

「接殺出局！」哨聲響起，比賽結束。

我離開本壘，低著頭，左腳被沾濕的襪子黏著球場上的紅土，一拐一拐地往踢飛鞋子的方向走去，無視那些不會跟著比賽結束的笑聲。

「孟曉語，都是妳啦！不會看球嗎？」
「還用左腳咧，自以為喔？」
輸了球，還是自然而然的怪在我身上，忽略他們前面誰被三振、誰跟誰被雙殺、誰得不了分……
剛剛那是我這節課第一次上場踢球，這節課最有參與感的瞬間。我想我又成為娛樂版頭條了，在午餐時間，成為大家茶餘飯後的笑話。
沒關係。
「曉語，走吧，去吃飯。」女孩跑到我的身邊，語氣沒有任何起伏，只是輕輕的，在我耳邊。
「妳先去吧，我要去一趟保健室。」我套上鞋子，不禁皺了皺眉。
「怎麼了？妳受傷了嗎？」她在我身邊繞了一圈，還捧起我的臉端詳著。
受傷了，也不會讓妳看見，因為傷不在這裡。
「沒有啦！是鞋子濕濕的很不舒服，我去借吹風機吹乾。」我輕輕撥開她的手，試著對她擠出笑容，而我也真的做到了。
「那妳弄好快點回來喔，我幫妳裝菜。」她朝著餐廳走了幾步，還回頭對我說道。
我點點頭，擺手讓她快點走。「嗯，謝謝。」
看著她的背影，很多時候我真的很羡慕她可以不受任何人影響，想做什麼就做什麼，想跟誰做朋友就跟誰做朋友，不必看別人的臉色，也不用刻意的迎合大家，輕鬆自在的活著。可是羡慕也沒有用，我當不起那種人，能跟她做朋友就足夠奢侈了。
她就像月亮一樣，在我的夜裡發光。

「哎額，臭鞋子正在吹她的臭鞋子！」保健室外經過幾個同班同學，不知道是要去福利社偶然路過，還是看見我走進來而特意「參觀」的，我聽著他們的話，頭也沒抬，恍若未聞。

我只需要保持不說話、不反應、不要有表情，不要跟他們起爭執就好，這樣什麼事情都會安然度過的，像以往的日子一樣，這樣就好了。沒關係的，還有她在等我，她說會幫我裝菜，還在等我吃飯。

想到她，我就加快了動作。

回到餐廳，我只有見到我位子上的餐盒，沒有看到她的人，想她大概又跑去老地方等我了，將餐盒蓋上蓋子，往餐廳外走去——

「妳幹嘛一直跟臭鞋子在一起啊？」

「才、才沒有……」

「沒有嗎？我看妳們很要好啊，還是我把對她的待遇也分給妳一點？」

「我們……我、我跟她才沒有很要好咧。」

「喔？是嗎？我看起來不是這樣啊，她是VIP，妳就當VVIP如何？」

「我跟她才不是朋友！」

我聽到了，「我們」，只剩下我。

「那妳說說妳跟她是什麼關係啊！」

「什麼關係也不是，我只是看她可憐，誰知道她一直纏著我。」

沒關係，真的沒關係……

永遠不對你生氣。

這個夢不是第一次，但醒來後這麼淡然還是第一次。

沒有滿身冷汗，也沒有氣喘吁吁，更沒有淚流滿面。在窗外灑下的陽光中緩緩睜開眼睛，盯著白花花的天花板，忘了去數算時間的腳步前進了多少，我還躺在原地，知道自己一點都不激動。

好像真的已經沒關係了一樣。

我不知道所謂的創傷要花多長時間才會好，有可能要很久很久，也有可能像現在，一覺醒來，就不知道自己以往到底在難過什麼了。

「曉語，起床沒？」媽媽的聲音在門外響起，伴隨著一點也不客氣的敲門聲。

「起床了！」

「幫我送個東西去妳阿姨家。」

側過身子，我拿起手機，才發現早已接近中午，但外頭的陽光被寒氣凍得一點暖意都沒有。洗漱過，換了衣服，我對著鏡子穿上外套，看著倒映在上的自己，感覺跟平常不太一樣，說不出哪裡不一樣，可是隱隱約約的覺得哪裡變了。

「只穿這樣可以嗎？外面很冷。」媽媽從錢包中掏出兩百塊遞給我，指了指放在門邊的紙袋。

「送去之後早點回家啊！」

「好。」我在門口套上鞋子，向媽媽揮手。「掰掰。」

「這孩子，今天心情怎麼那麼好？」媽媽笑了起來，在我頭上拍了拍。「路上小心。」

心情好？有嗎？

我笑了笑，走下樓。走在路上，我抬頭對著天空哈出白白的霧氣，如果要說心情好，那不如說是意想不到的舒暢，開了心窗換掉了低迷的空氣，壞心情大概放假了，好像心裡掛滿了晴天娃娃，烏雲進不去也下不了雨。

公車上空蕩蕩的卻沒有寂寞的餘地，因為幸福擁擠了。在每一個座位上、每一個吊環上，還有每一個人臉上。來到這個城市大半年，我第一次在這些習以為常的畫面裡找到了令人愉悅的新發現，也許是太陽曬進來的關係，也許是放了假的關係，也許是睡得飽的關係，也許是……剛上車的那個人的關係。

「曉語！」詩彥在我向他揮手的時候看見我，意外的表情中慢慢顯出愉悅。「妳要去哪裡？」

「去給阿姨送東西。」我指了指放在腿上的紙袋。「你呢？」

他看著前方沒有回答，像以往一樣笑容滿面，只是今天看起來特別明朗。「妳等下送完東西後……有空嗎？」

我仔仔細細的把他的問句反覆咀嚼了一下，心裡閃過一個念頭，輕輕一笑，探頭到他面前。「想幹嘛？」

不知道是不是被我突然的動作嚇到，他睜大了眼睛，身體往後靠了靠。「想說……一起吃午餐。」

我依然盯著他看，伸手，揉亂他的頭髮，像他平常對我那樣，不知道是不是中午的陽光漸暖，我看見他臉上微微泛紅，可愛極了。起身走到門口，我按住下車鈴。

「喂，妳什麼意思啊？」他跟著我下車，在身邊追問。

「停！」我轉過身指著他的腳，他一臉納悶的定在原地，我朝他一笑。「在這裡等我。」

我自己也不知道哪來的衝動那麼做，難怪詩彥會一臉驚嚇的樣子。說實話，在我看見他的瞬間，我明白了，是他帶給我這種一夜之間變得輕鬆的心情，因為我把長期壓抑在心裡的包袱全都丟給他了，也把朋友間的信任和依賴丟給他了。

送東西的任務達成，我看他一個人在巷子口無聊轉圈的樣子，根本沒想到他真的會乖乖的在那裡等。

「笨蛋，如果我很久沒有出來怎麼辦？」我走到他身邊，捕捉到他臉上突然漾開的笑容。

「妳才不會。」他一臉自信的勾住我的肩膀，就像他勾住億賢和于佳。

「哪來的自信啊你？」我戳了戳他的腰，他微微閃躲。

「妳給的自信？」他伸手攔下公車，再把我推上去。「反正我就是知道妳很快就會出來。」

他對了，我會，因為他在等。

「不過妳今天……」找到了位子坐下，他說。「讓我覺得好陌生。」

「嗯？有嗎？」我轉頭對著窗戶看了看自己的倒影。

「嗯，很陌生。」他說這句話的聲音變得很小，只有我們兩個人聽得到，也許他只是說給他自己聽的，但我卻聽到了。

我沒有回頭，只是繼續看著自己的倒影。

「明明都是在公車上，昨天的妳和今天的妳太不一樣了，」他的語氣中帶著淺淺的笑意，笑意中帶著絲絲感嘆，感嘆又像外頭的顏色一樣，暖暖的。「這樣很好，我喜歡妳這個樣子。」

所以到底是哪個樣子，他還是沒有講，但我自己多少能夠感受到，那像是遺失的寶物被找回來並且歸回原位，空曠的櫃子再次有了主人的感覺。「中午吃什麼啊？我其實剛起床，早餐都還沒吃。」

「哇，沒想到一放假妳就變懶豬了啊？」他看著我，故意將他的驚訝誇張化。

「對啦，要我叫兩聲給你聽嗎？」我皺起鼻子朝著他哼了哼，發出豬叫聲，逗得他忍不住大笑。

「好吧，既然這樣我決定了，我們殘忍一點，去吃妳的同類。」他轉過頭看著前方，一臉惡作劇得逞的樣子。

我沒有說什麼，任由他開我玩笑，如果是以前的我，大概會立刻按下下車鈴逃之夭夭，可是我知道他對我沒有惡意，光是確認這一點，就足夠我繼續坐在這裡，享受「朋友間」的玩笑，以前覺得恐懼的東西，現在竟然可以一笑置之。

而那所謂的「以前」，不過就是昨天的事情。

「妳幹嘛都不回答我啊？」他用手肘推了我一下。「生氣了？」

我搖搖頭。「永遠不對你生氣。」

說這句話的時候，我甚至沒有想過永遠到底有多久、多長，我只知道，我絕對不想對眼前這個人生氣，因為他給了的，讓我沒有立場對他生氣。

剩下的，就順其自然吧。

就像愛情，總是……

我是那種只要有了一點感觸就能夠長篇大論的人，這就是為什麼我喜歡隨身帶著筆記本。我害怕內心深處那些時不時出來旋轉的文字會來不及被我記得，最後想找回它們還必須要在腦海裡撈針。

「妳在寫什麼？」

「祕密。」

詩彥拿起放在我身邊的小說，一臉疑惑又新奇。那是我已經注意了一段時間的小說，每個禮拜總會花一點時間特地到書店裡翻閱，直到剛才才有足夠的錢買下，雖然我早已看過結局了。

「妳喜歡小說喔？」

「嗯。」環河公園吹來涼涼的微風，我看著河面上瀲瀲的波光，輕輕點頭。

「為什麼啊？」他問，我發現他今天問題有點多。

我轉過頭去，看他雙腳盤在椅子上，手上捧著書，兩眼專注的閱讀著。

「怎麼了？幹嘛這樣看我？」他放下書，笑得有些尷尬。

「好看嗎？」

「什麼？」

我伸手指了指他手上的書。「這個……好看嗎？」

他愣了下，隨即笑了起來，笑彎了一雙眼睛，那裡面映著波光，我在那波光裡迅速轉過頭，盯著筆記本上早已被寫滿的那一頁。

我大概是瘋了，真的。

「好像還滿有趣的樣子，雖然我還是比較喜歡漫畫，」他似乎沒有發現我的不對勁，還拿著書翻看著。「但是偶爾看字多的書也不錯，對吧？」

「嗯……」我拿起筆在筆記本上隨意畫著毫無意義的幾何圖形。

他沒有接話，我也沒再出聲，耳朵裡只剩下他翻書的聲音，風吹動樹葉的聲音，偶爾人們經過的腳步聲。

一定是太安靜了，不那麼安靜的話，是誰偷偷放大我的心跳聲？

我放下筆記本，轉頭。「如果你想看，就先借你看吧，開學還我也沒關係。」

「不要。」他從書中抬頭，將書籤夾在他看到的那頁，闔上，遞給我，笑得有那麼一點點倔強。

倔強，堅持自己的想法，不為外力而改變。這個詞我想了很久才決定用來形容他的笑容，因為他說得堅決，彷彿話在出口的那一剎那就已經被定案，沒有我異議的餘地。

「先放妳那裡，下次再借我。」

「下次？」我接過書，不太明白他的意思。

「嗯，精彩的劇情如果沒有下集待續的話，就沒有期待的感覺了。」他不再看著我，而是起身往河邊走了幾步，他的話也散在風裡。「就像愛情，總是……」

總是什麼？我根本沒有聽到，也沒有問他，可是愛情好像在那個時候被重新定義了一樣，即使我還不懂，也不確定他懂不懂。

「愛情，總是需要下集待續，不然就沒有期待的感覺了。」

幾天後，我在他即時通的狀態上看見了這句話，可是再也沒有等到他的下集待續，那本小說也一直在我的書架上，沒等到他說的下次，直到返校打掃的時候，我才知道他出國了，遊學兩週，問去了哪裡，竟然連于佳也不是很確定。

我看著躺在書包裡的那本小說，心裡有好大好大的疑惑，更或者是背叛感。

「那傢伙沒有一次出國是會報備的，習慣就好。」于佳拿著掃把走到我身邊，左手插著腰，像是想要試圖跟我解釋什麼。「我就是這樣被他騙到大的。」

「但是妳每次都會等他的禮物。」億賢收走了于佳手上的掃把。「他跟我說了，他去澳洲。」

「為什麼你會知道啊？他該不會有了愛情就不要朋友了吧？」于佳勾住億賢的脖子，一副刑場逼供的樣子。

「撿起妳的理智，」億賢無奈的推開她的手。「能不能解釋成『有了兄弟就不要姐妹了』呢？」

「誰跟他姐妹了！」

「說話的那個人！」

「億賢，你剛才說話了。」某個飄過的同學拿著抹布冷冷的丟下一句話，事不關己的飄到教室外。

我努力咬著唇不笑出來，于佳卻已經在地上崩潰了好幾圈，最後追出去跟那位飄來飄去的同學打鬧了起來。

「好了！不用憋笑，難道憋著就不笑了嗎。」這句話不適合用問號結尾，因為億賢的話裡早已有了答案，還有藏不住的無奈。

我放開了臉上的笑意，只是淺淺的在嘴邊。

「上禮拜我爸媽要出國，我去送機的時候在機場看到他，順便多送了一個人。」億賢的目光輕輕掃過我。「問他出國幹嘛，妳知道他怎麼回答嗎？」

我搖搖頭。

「他說『為了更大的期待』，」億賢看向我。「好笑吧？平常不正經的人什麼時候這麼哲學了？」

我頓了頓，不確定他跟億賢說的「期待」和告訴我的「期待」到底是不是同一個意思。

「大概就是這個樣子，于佳才會期待他回來帶了什麼禮物吧。」億賢的目光轉向走廊上的于佳，還是那樣遠遠守護的溫柔。

「億賢，你覺得你的愛情是什麼？」

「需要等待卻沒辦法主動靠近的東西。」他沒有猶豫，在極短的時間內回答了我。「就像在烤箱裡未完成的蛋糕。」

「蛋糕總是會烤好的。」我說。

「就像愛情，總是在那個時候美味香甜。」他笑。

再一次的，我佩服起億賢的透澈。

「你覺得你可以等到那個時候嗎？」我問。老實說每次跟億賢說話都有種心靈淨化的感覺，他的聰明似乎不只是考卷上的，他彷彿是個智者，雖然搭不上他此時此刻乾淨而毫無鬍渣的臉龐。

「在想這個問題之前，我覺得我喜歡的人值得我等到那個時候。」他拍了拍我的肩，笑得不似當時警告我的嚴肅。「我還是不希望妳懂……」

那笑，苦得連我的舌尖都難受。

「有時候愛情就是種錯誤，不過……」他很認真、很認真的看著我。「不知者無罪。」

不知者無罪……不知者，無罪。

我該知道什麼？還是應該說最好不要知道什麼？愛情？那個總是透過書才能略略懂得的東西嗎？無罪，難道喜歡一個人也是一種罪嗎？

億賢走遠了，在走廊上抓回和同學一起嘲笑他的于佳，笑得燦爛，彷彿剛才在我面前的苦澀揮揮衣袖就能被揮開。

我想起那天在環河公園，詩彥捧著我新買的小說坐在身邊，我隱隱約約的能夠感覺到他的視線，可是轉過頭卻只見他專注在書上的側臉，帶著淺淺的笑容。他說他出國是為了更大的期待，是他有所期待，還是希望誰有所期待，像于佳期待他帶回來禮物那樣？

我呢？我期待什麼呢？

「愛情，總是需要下集待續，不然就沒有期待的感覺了。」

我拿起躺在書包裡的那本小說，翻到他夾著書籤的那一頁，映入眼簾的剛好就是那句話、他寫在即時通狀態上的那句話。

「這是什麼書啊？好像很好看的樣子！」

「喔，亞如……」

「借我看！」

「不、不行啦，詩彥先借了。」

「詩彥？」她笑了起來，從我手上把書抽走。「反正他又不在，先借我看一下嘛！」

手心，一下子空落落的。

我開始慢慢懂得，卻也逃避這種懂得。

我常常在書店裡思考我的未來，想自己的下一個去處。

思考那些用第二人稱談論愛情的人是有什麼資格站在一種指示的角度讓讀者自我代入；那些用第一人稱敘述愛情的人到底有多少「愛」的經驗去逼迫讀者產生共鳴；然而第三人稱，又憑什麼置身事外、冷眼旁觀？

於是，愛情無論書裡書外都是無解的難題。

我開始寫小說，當他不在身邊的時候。

我嚮往著虛擬的劇情、人物，還有意識中理想的生活背景與未完成或無法完成的夢想。然後，用第三人稱把自己排除在外……或者說，我的確在故事裡，只是面目全非。

「曉語，要來我家看電影嗎？」電話裡，于佳的語氣像風中揚起彩帶。

「我不看鬼片喔。」

「不是鬼片啦！」

「什麼片名？」

「《歌舞青春》！來不來？」

「當然。」

其實我並不常看電影，不只是電影，連電視劇也不太看，總覺得那些影像打死了想像空間，不像文字使人的想像力作用出各種不同的畫面，在乎讀者的觀感，而不是單純接收已經被固定的單一畫面，任由思想在毫無作用的狀態下被帶著走，隨之起伏、隨之漂流。

不過那些影像也是很多人的想像力作用出來的產物，所以「演戲的是瘋子，看戲的是傻子」這句話才會出現。總而言之，無論任何形式，故事本身是擁有趣味的。

于佳家的客廳不只有于佳和億賢兩個人，還有一張跟于佳相似卻顯得稚氣許多的臉龐。

「于婕，這是……」

「曉語姐姐。」

桃于婕，于佳的妹妹，漾起一抹可愛的微笑看著我。「我知道，詩彥哥哥常常說的。」

聞言，我意外地望向本來想要介紹我的于佳，她只是聳聳肩，無奈的捏了捏于婕的臉蛋。

當一個人被另一個人真正在乎的時候，通常都可以從他朋友口中聽到自己的名字，我在他的熟人口中聽到了自己的名字，是不是可以當作……他在乎我？

我走到于婕面前，彎下腰。「詩彥都跟妳說我什麼呀？」

「他說班上有一個很有趣的姐姐，有一天一定要讓我認識。」于婕笑得開心，眼神裡是無比的興奮。「詩彥哥哥有拿妳的照片給我看過喔！所以我知道妳！我一定要跟詩彥哥哥說我在等他介紹之前就先認識妳了！」

照片？我看向于佳和億賢，他們也是一臉不解。

「好了啦，還聊那個拋下我們不知去向的叛徒幹嘛，看電影啦！」于佳拉著我入座，把原本坐在沙發上的億賢趕到地毯上，順便丟給他一個抱枕。

于婕一蹦一跳的跑到電視機前放了片子、關了燈，硬是擠到我旁邊。

電影很好看，身處不同圈子的男女主角打破了形象界限的藩籬，勇於去嘗試曾經不敢嘗試的事情，籃球好手和數學天才都可以唱歌，成為舞台上的新星，而且愛情——

終成眷屬。

故事情節太過童話，但是童話故事總告訴我們關於人生的大道理，比如人生總要有所犧牲才會有所獲得，在這個世界總要失去才會得到，或者得到了之後總有失去的。

我開始慢慢懂得，卻也想要逃避這種懂得，好像說破了就沒有後續了，故事就永遠也不會有結局似的，愛情不是我可以碰的東西，友情足夠奢侈了，我沒有資格，也不會有資格。

「總覺得無論我怎麼想要阻止妳，妳都會陷下去……」從于佳家裡出來的路上，億賢走在我身邊，突然開口。「怪就怪先淪陷的人不是妳。」

「你在說什麼？」我並沒有完全聽懂他的話。

他笑了笑。「妳不會是看了個電影就自卑了吧？」

我停了下來，只見他一臉笑意，遞給我一張客運的票，往機場的。「去吧，電影明明就說要有勇氣去嘗試自己沒做過的事。」

「這個是？」我拿著票，看著那個幾乎逼近的發車時間。

「詩彥回來了。」

等我再次回過神，早已在客運上，望著快速掠過眼界的街景，心裡迫切的想要見到那個人——那個不告而別，卻讓我特別想念的人。

其實我不是很了解億賢給我這張票的用意，明明是他勸我不要越過感情界線，卻又是他踩著那條線讓我過去的，是不是看了一場電影，他也想要鼓起勇氣？或許，我不會知道答案，他也不會告訴我答案，時間久了，原本猜測的東西也就浮上水面了。

我根本不清楚詩彥什麼時候下的飛機，也不知道自己到底能不能等到他，甚至害怕錯過他，卻依舊來到這裡，站在機場大廳裡盯著每個拉著行李的人們，試圖去尋找那個心心念念的身影，深怕一個晃眼就看漏了他。

人來人往，我在人群裡站了半個小時、再半個小時，站到一群人又換了一群人，站到其實應該要考慮怎麼回家這個問題，站到心裡開始有些放棄和退縮，最後我看了看外面已經暗下來的天空，開始低聲嘲笑自己的傻勁和衝動，於是走向客運櫃台，看著那塊大大的路線圖，思考哪條路線能夠讓我忘掉現在的難為情，一路睡到家門口。

我在心底默默下了決定，如果開學後見了他，我一定不會提起今天這件事，也不會承認那因為看了電影而突然衝動的感情，我會藏在記憶裡，慢慢放下它，直到有一天我可以雲淡風輕的把今天的一切當作無關緊要的玩笑。

現在的懵懵懂懂，以後也要懵懵懂懂才可以，這樣我才不用做傻子。

買了票，我坐在候車區，看著時鐘發呆。

真的，或許這就是所謂的遺憾，期待得太多，我可能也不知道自己期待了什麼，失望就這樣臨到，跟著客運一起，我想，趁著絕望來臨之前，我可以坐上車逃跑。靠著窗，我看著排著隊準備上車的乘客，竟然還有那麼一點點希望能在隊伍中看見他的身影。

「小姐，請問旁邊有人坐嗎？」

轉頭看著來人，我搖了搖頭，他坐在我身邊的位置，就像絕望終究是趕上了我，在我出發之前，它就坐在我的身邊。

所以我不再看那位陌生的男孩。

「妳從哪裡回來？」男孩拍了拍我的肩，我轉過頭，只見他笑著，眼角裡卻彎著苦澀。

我思考了下才理解他的意思，搖搖頭。「我來接人的，卻沒接到人。」

他點了點頭，不知道是表示懂了我說的話，還是表示贊同。半晌，他開了口。

「我在等人，卻等不到人。」

我想轉過身去，卻依舊只注視著你。

那天之後，我再也沒有刻意去想當時的難堪，包括那個萍水相逢的失落。

就這樣把一個寒假過到最後，剩下幾天的閒適，我決定以最平常的方式度過。去了書店，最初的目的大概只是悠悠晃晃，但我似乎要在有書的地方才能真正讓心情沉澱下來，專屬於書的香氣彷彿可以放慢我的腳步，不再急匆匆地橫衝直撞。

我從來不適合快節奏，從來不適合複雜。

其實心情多多少少還是會受那天的事情影響，我氣惱自己的自作多情，接連著幾天用音樂麻痺自己的聽覺和思考，把全部的感情都哽在心裡。

比難過要平淡一點，又比平淡要難過一點，有些暈，大概還有一點腦充血；也發現自己比想哭要來得平靜一點，比平靜再想哭一點，有些慌，大概還有一點惱羞成怒。

我開始體會思念是怎麼一回事。

「終於找到妳了。」

坐在地上捧著書看的我抬頭，一下子反應不過來——那個老是在我腦海裡浮現的臉龐，真真切切地出現在我眼前。

「好久不見！」他低下身坐到我旁邊，語氣輕快。

我就這麼看著他，腦袋一片空白。

「打電話到妳家，妳媽說妳出門了，我猜妳去了環河公園，結果到處都找不到人，我還去了上次一起喝茶的店喔……」他的音量不大，卻輕易而清楚地敲打著我的耳膜。「後來想想妳愛看書，就把學校附近的書店都找了一遍，沒想到妳竟然在離家最近的地方。」

他笑著說，而我愣著聽。

如果我都不在這些地方怎麼辦？如果我只是在頂樓吹風怎麼辦？如果他找不到我怎麼辦？我又沒有手機，像他那樣的找法是要找多久？

「我還想過，如果都找不到的話……」他側過臉，與我對視。「就去妳家樓下等妳。」

「如果沒等到怎麼辦？」下意識的，我問。

他沉吟了一會兒，彷彿從沒想過這個問題。是哪來的自信，覺得一定會找到我？

「如果沒等到……晚一點打電話到妳家，妳總會在家了吧？」他再度笑了，我的世界都為了這個笑容而停了。

我忘了要他解釋不告而別的事，好像只要他在我面前，剩下的都不在乎了。

原來我這麼想他，原來我真的好想好想他。

「我有用即時通找妳，可是妳一直沒有上線。」他邊說邊把玩著手腕上的錶。

「嗯，放假了反而不太用電腦。」我回答著，卻不是最完整的答案。其實不上線是有種賭氣的意味在，故意躲開可以聯繫上的管道，跟他的不告而別鬧彆扭。

很幼稚，我知道，卻怎麼也提不起勇氣去打開那個可以立刻找到他的對話框，總是想著如果他不在線上怎麼辦？如果他沒有找過我怎麼辦？最後，還是沒有打開。

「什麼時候回來的？」我闔起手上的書，站起身。

「昨天晚上。」他跟著站了起來，撫過那本我剛放回去的書。「對了，我的期待呢？要給我了嗎？」

我轉頭看著他，想起他出國前的那天、和那本小說。「被……借走了。」

正確來說是被搶走了，但在說出口前，我決定避重就輕。

「誰啊？」他的表情變得很快，像是陽光突然被雲遮住，語氣很低，讓我的心顫了一下。見我沒有回答，他柔和了陰沉，微微牽起笑意，依舊是陰暗的。「誰借走了？」

「亞如。」我別過臉沒有看他，我害怕那樣的表情，冷靜裡透著淡淡的怒氣，又像是在說他不在意一樣，我猜不透。

「那就不要那本了。」太陽又再次從雲朵後探出頭，好像剛剛的陰沉從不存在一般，他拿起那本剛剛放回去的書就往櫃台走。「我買下來送妳，然後先借我看。」

「喂……啊！」聞言，我一急便伸手拉住他，沒想到他轉了過來，書舉起來就往我頭上敲，不是很痛也無法忽略那不舒服的重量。「哪有人這樣的！」

「有啊，妳看到了，就是我。」他一臉得逞的笑，不理會我的阻攔，逕自結了帳，滿足的把包裝好的紙袋抱在懷裡。

我為他的淘氣感到無奈，同時又覺得這樣的他可愛至極，有著孩子氣的執著，我並不討厭這樣的執著，因為對象是我，還有我們之間的約定。

彷彿再看見那天環河公園邊的微光，當我們走出書店的時候。

「妳笑什麼啊？」回神，他站在我面前，一如往常的笑容，暖暖的笑容。

「心情好。」你回來了，所以心情很好。

「我還以為……我突然出國，妳會怪我。」他低聲的說著，像是做錯事的孩子般。

原本沒打算追究的事情，他卻主動提起。我收斂了笑意，想到自己一廂情願跑去機場的衝動，比起他沒有告訴我出國的事情，後來的一切更讓人感到難過、難堪。

「老實說，剛開始有些不能理解。」想了想，我決定把自己最真實的感覺告訴他。「可是後來想想，每個人都有自己的計畫，這些計畫也不見得一定要告訴別人。」

這是我的習慣，即使我好奇得要死，也會記得留點空間給對方，因為我希望我自己也能擁有這些空間，能夠不用多說、不用事事告知的個人空間。

「妳……」他開了口，猶豫的口氣讓空氣變得悶窒。「有沒有覺得難過？」

我對他的問題感到意外，這不太像是他會問的。

「我是說……我沒有告訴妳我的去向，妳會難過嗎？」

他凝視著我，我凝視著他，一會兒，我輕輕的牽起嘴角，搖頭。比起之後發生的事情，他的不告而別，一點也不會讓我難過。

因為比起說是難過，那更像是害怕，害怕自己再次面對被孤獨留下的空虛，但這些，我不會告訴他。

「……原來如此，我懂了。」他移開了視線，轉過身去，聲音細微得幾乎聽不清。

他抬腳往公車站走去，我跟在他後面，我們再沒有對話，只是靜靜的看著來車，並肩卻一點交流也沒有。像是刻意的沉默，又順其自然得理所當然，對話於我們之間原本就不太必要，可是此時此刻我竟有些不自在，好似這不曾出現過。

不曾出現過，卻似曾相識。

公車來了，他抬手攔車，我拉住他。「詩彥。」

「嗯？」

「詩彥……」我正在不安，我感到很強烈的不安，我不知道我為什麼要叫他，就只是單純的叫著、喚著，看能不能驅散一些突如其來的徬徨。

「怎麼了？」公車走了，他轉過身，我抬眼對上他的。

是我熟悉的擔心。「……你不會離開的，對吧？」

他眼裡的擔憂轉成震驚。「曉語？」

「你不會再離開的，對吧？」收緊抓著他的手，我想我心底裡正迫切著，迫切的希望著……

一個承諾。

「對吧？」

一個讓我可以完全把心給出去的承諾。

那樣的失落，正笑著朝向我來。

剛走進教室，撲鼻而來的霉味宣告著一個新學期的開始，返校打掃時除去的塵垢再次緊貼桌面，每一次小心翼翼經過而流動的空氣揚起了灰，在陽光的恩賜下舞動著、閃耀著，歡躍而瘋狂。

我擦了擦桌椅，環顧來人三三兩兩的教室，即便是熟識的面孔，也因為幾週的不見而生疏了起來。大家脫去了厚重的冬季制服，改成夏衣外搭毛衣的春季穿法，粉色的領結再次在女孩們的領間，男孩們的領帶依舊愛掛不掛地垂在他們的胸前。

辦公室測試著鐘聲和廣播器，這個角落、那個角落，一處又一處的喧囂逼迫著我們尚未收斂的玩心。我坐在位子上，久違地緊張了起來——那是屬於課業中的青春，學習裡藏著壓力的激動，還有……

期待。對一個自認為全新的自我、全新情感、全新生活的期待，張手迎來一個已知的轉捩點。

「早安。」我看著詩彥走進教室，主動打了招呼。

他的表情像是很意外似的，卻隨即綻出笑容，抬起手向著我……

「詩彥！」

可是真正的「意料之外」就這樣闖入我的眼簾，過於刺眼的，使人心裡不得不一個震盪。

詩彥側過身，我看不清表情。

「抱歉啊，你要看的書被我借走了。」亞如從書包裡拿出我借給她的小說遞給詩彥。「現在給你。」

「謝謝。」詩彥接過書，回頭看向我，漾出跟剛才類似的笑容，但多了一些我猜不透的成分。

之後他們再沒有對話，亞如放了書包就催著值日生去打掃，詩彥走到我面前，把那本書擱在我頭上，笑得很開心。

「妳表情很難看。」他說。

我拿下書。「有嗎？」

「有。」他肯定的點點頭。

「我只是覺得她應該先還給我。」如果這是一種意識，那麼我認了，但我不想詩彥察覺，因為我不願意這樣愉快的友誼有什麼變故。

「原來妳也會因為這點小事生氣。」他用一種發現新大陸的表情說道。

「不是生氣啦！」然而，再怎麼樣也不希望他認為我是一個小器的人，即使他在開玩笑。

「那是什麼？」他一臉玩味。「吃醋？」

我愣了一下。吃醋？我吃醋了嗎？

「吃大便啦！」一個書包突然降落在詩彥的頭上，于佳瞇起雙眼的嫌惡，她身後是一臉莞爾的億賢。

「曉語早安！」

「早。」我猜蹲在地上吃痛的詩彥，大概露出了跟億賢一樣的表情。

詩彥慢慢起身，一手還揉著自己的頭。「屁桃，妳怎麼知道我的大便是酸的啊？」

「吼，彭詩彥……」

他們玩鬧了起來，像我習慣了的那樣，也許我的生活就會一直這樣下去吧，如果什麼都不改變、什麼都能像現在這樣，現在的陽光、現在的笑容、現在的輕鬆、現在的我們。

可當我才剛有這樣的想法沒多久，如浪花般的失落就對著我席捲而來，那張僅僅是見過一次面就沒辦法忘記的臉龐閃過了走廊邊。

早自習的鐘打過以後，班導走進，身後跟著一個男孩，我稱他為失落，因為他在我失落的時候有著相似的失落，而那樣的失落，正笑著朝向我來。

「他是我們班上這學期的轉學生，黎子惟。」班導語氣精神地宣布。「從德國回來，比你們大了一歲，不要欺負人家。」

黑板上清清楚楚地寫上了他的名字，我從心底的某處開始慌了起來。慌是因為害怕他能夠認出我，像我認出他那樣；慌是因為害怕他記起那天在我身邊說著那個他等不到人，一如我接不到人的時刻。

「嗨，又見到妳了。」黎子惟經過我身旁，悄聲說道。因為沒有多的位子，老師派人去搬新的桌椅到詩彥的後面，剛好是角落，多一組桌椅也不會突兀的地方。

「嗯，嗨……」我有些尷尬的揚了揚嘴角，抬眼瞄了他一眼，他在笑，不是那天在機場看見的難過模樣。

不過是一個簡單的招呼，我卻在他從我身邊離開時感受到了全班投過來的視線，那種夾雜探究的熾熱，讓人很不舒服。

「喂，妳認識轉學生喔？」下課後，亞如湊到我耳邊問。

「只見過一次面。」

「在哪裡啊？」

我頓了頓，並不是很想說出口，尤其是詩彥還在我身後。「嗯……就只是偶然的見過一次而已啦。」

「那很有緣耶，見過一次面，你們竟然都還記得對方。」她驚呼著。「搞不好可以碰出什麼火花耶！」

「妳在說什麼啦！」我稍微把她推開，詩彥就從我們中間穿過往台前走去，手上拿著雜記本，和台前那個瘦小沉默的學藝股長說起話來。

學藝股長是個嬌小的女孩，坐在教室前排靠走廊的位子，整個跟我大斜角的地方，不太說話，也沒有什麼存在感，很少聽見她的聲音。

「我沒有想到妳在這間學校，」黎子惟走到我身邊，一副無所謂的樣子坐在我前面的空位上。「不覺得很巧嗎？」

「嗯。」我點點頭。是很巧，但我並沒有很希望這個巧合發生。

他突然很專注的看著我，我往後靠了靠。「你、幹嘛？」

「妳該不會是忘記我了吧？」他皺起了眉。「還是我認錯人了？」

我搖搖頭，我沒有忘記他，他也沒有認錯人。

「那妳是不是不喜歡說話啊？」他笑了出來。我倒是疑惑他為什麼要屏除我們不過第二次見面、完全不熟悉這個因素呢？誰會跟陌生人說很多話啊？

我又搖搖頭，他又笑了。「對了，我還不知道妳的名字。」

或許他根本就是和我相反的那種人，跟陌生人可以很容易聊開的那種。「孟曉語。」

「孟曉語？」他拿起我的筆在桌上寫劃著。「做夢的『夢』？」

「孟子的……」我剛開口，突然想到他幾乎是個外國人，於是拿出雜記本，指著上面的姓名欄。

「曉語、曉語……」他悄聲念著，壓開了自動鉛筆，在雜記本的空白處寫了幾次我的名字。他的字很好看，細細長長的，帶著隨性的感覺卻不潦草。「我可以問妳一個問題嗎？」

「可以啊。」

他停下筆，把剛剛寫過的字跡擦掉。「那天妳沒接到的人，見到了嗎？」

我看向台前，台前的人正看著這裡。

「如果還沒見到的話，我們一起找吧。」黎子惟的聲音把我的視線拉回他的身上。

「為什麼？」

「因為我也還沒有見到，我在等的那個人。」

他沒有抬頭，語氣有著絲絲的沉重，不苦卻溫柔。

記住，我絕對不會生妳的氣。

我沒有答應黎子惟那個奇怪的要求，我已經見到了我想見的人，可是他在等的人，我不認識、也沒有必要陪他一起找。說起來有些自私又不近人情，可是這都是正常的吧？我跟他不熟，我也找不到陪他一起的理由。

「就因為跟他見過那麼一次面嗎？」我有些驚訝的看著亞如，她竟然認為我應該答應黎子惟。

「他剛轉來耶，認識的人只有妳啊，他不找妳的話，找誰？」她說得理所當然，我卻覺得好笑。

「如果那麼想幫他的話，妳可以主動去認識他。」于佳涼涼的開口，字字都是我剛剛腦袋裡浮出的想法。

「而且他現在好像也不需要我幫忙了。」我指著走廊上跟男同學混在一起玩鬧的黎子惟。

從他轉來開始，他身邊就不乏有同學繞在一旁，無論是展現對新同學的親切，還是因為好奇而問東問西，我想他大概是交朋友很容易的那種人，跟誰都可以很快打成一片，完完全全跟我相反的那種。老實說，很羨慕，不像我剛到這個班上時感受到的強烈距離，他彷彿是本來就在這裡的人。

不再出現那天在機場裡的落寞表情，每天笑著、開朗的笑著。

「曉語！」像現在，他朝我走了過來，滿面燦爛。「妳的社團是什麼啊？帶我去看好不好？」

我看著他手上拿的社團申請表，對於他的提議感到驚訝。「我嗎？」

「對啊，我還不知道要參加什麼社團，想說今天活動時間就先到處參觀。」他點點頭，一下子坐在了詩彥的位子上。「帶我去啦，可以嗎？」

我有些慌亂的望向旁邊的于佳和亞如，她們在等待回答，我卻一下子失去了頭緒。我沒有參加社團，這段時間都是跟詩彥一起在音樂教室練琴，這件事情我從來沒有說過。

「喂，那是我的位子。」詩彥突然出現在我身邊，語氣的冰寒拂過臉龐，冷得心頭一顫。

「啊，抱歉。」黎子惟起身讓位，還是沒有停止他的請求。「曉語，拜託啦！」

我看著正在拿東西的詩彥，但他並沒有看我。「孟曉語，走了。」

孟曉語，他說。我無暇去管身後那些投來的納悶眼光，只知道當被詩彥連名帶姓的呼喚時，全身的毛細孔都顫慄了起來。

今天的陽光淡淡的，藏在雲層後面努力的透著金黃色的光芒，空氣裡流動著清冷的風，或者是因為我在他身後走著，迎面而來都是他帶起來的氣流，陽光從我們面前灑下，眼簾前明亮一片，只有他的背影……

彷彿將雨的烏雲。

我坐在鋼琴前，他坐在我身後的課椅上，我透過琴面的倒影看著他，即使他看著窗外，再怎麼一如往常，沉默好像掐住了我的脖子，讓人感到莫名窒息。我雙手離開琴鍵，轉過身，他也正好轉頭看著我。

「怎麼停了？」他問，語氣還是有些冷。

我望著他，明明眼神是溫柔的，表情卻像冷凍一般。「你怎麼了？」

「我怎麼了嗎？」他低下頭，躲開了我的注視。

「從剛剛開始就很奇怪啊。」我走到他面前，蹲了下來，試著去看他那張冰塊臉。「生氣了？」

他沒有說話，也撇開了頭，我伸手在他臉前揮動想引起他注意，他卻甩開了我的手。我有些錯愕，愣愣的看著自己的手。我不記得我自己有說錯什麼、做錯什麼傷到他，還是我在自己沒有意識到的時候真的說了什麼嗎？

不肯正眼看我的眼眸、黑得有些悚人的瞳孔、僵硬的側臉、緊閉的唇線……我像是被下了定身咒似的看著這一切，我害怕，真的害怕，我不懂他這樣忽然變換的情緒是不是因為我，也害怕是因為我，如果真的是因為我，如果真的是我……

「唉，我該拿妳怎麼辦……」等我回過神，又大又暖的手掌揉了揉我的頭髮，詩彥皺著眉頭笑了。「我只是心情不好而已，不是妳的錯，不要一副好像世界毀滅了一樣。」

你只是心情不好，可我的世界卻毀滅了嗎？

我想站起來，但雙腳因為蹲太久而發麻失去支撐的力量，我跌坐在地板上，只見他慌張的扶住我。

「還好嗎？哪裡不舒服嗎？」他緊張的問，就在我的耳邊。

「只是蹲太久，腳麻了。」我搖了搖頭。

他扶著我到椅子上，換他蹲在我面前，我看了只覺得好笑。

「不要蹲了，等下換你腳麻。」

「對不起。」

他的道歉太突然，我看著他抓住我擱在膝上的手，有些不明就裡。「你幹嘛道歉？」

「我忘了妳會在意，再也不甩開妳的手，沒有下次了。」他抓著我的那隻手加深了力道，雙眼直直的看著我。「曉語，記住，我絕對不會生妳的氣，所以不要把錯攬在自己身上，懂嗎？」

他說得溫柔，好像在哄一個哭泣的小孩，只為止住他的淚水，可是我不是小孩，我也沒有哭，他卻依舊這麼溫柔。我點點頭，打從心底感動。

太好了，不是因為我。

其實連我自己都可以很清楚感覺到對他的依賴，可是我總覺得這得歸咎於他是跟我說話的第一個外星人、最特別的那一個，僅此而已，要是再多，我也不敢猜下去了。

「我說你需要因為人家坐你的椅子就擺臭臉嗎？」放學時間，我們都在收書包的時候，于佳突然冒出了這一句。

「真的假的，是因為我嗎？」聞言，黎子惟也看著詩彥。「對不起，我不知道你不喜歡別人坐你位子，我只是想說這樣跟曉語講話比較方便。」

「吼，你們夠了沒？」詩彥沒好氣的回道。「走啦！」

我背起包包，正好對上旁邊億賢那張一頭霧水的臉。

「發生什麼事？」跟在詩彥後面，他問道。

不顧詩彥的阻攔，于佳把發生的事情一五一十地告訴了億賢。可當他聽完了之後，只是輕輕的嘆了口氣，看似無奈，卻有著更多的情緒，例如寫在臉上的……擔憂。

「彭詩彥，你屁股是鍍金的嗎？」和表情不同的，他對著詩彥吐了個大槽。

「哪一種金？」我接著話，除了詩彥都大笑了起來。

詩彥有些意外的瞪大眼睛看著我，我繞到于佳身邊得意的看著他。或許我的生活就是因為有他們才會顯得更有趣吧，每天放學路上的玩笑打鬧，現在我終於可以隨意的參與其中。

這些人是我的朋友，我已經可以大聲的說。

「原來你們也在這裡等車啊！」剛到車站，就看見黎子惟手上拿著雞排朝我們揮手。「曉語，妳家也是這個方向的嗎？」

「嗯，對啊。」我點點頭。「可是，你怎麼會在這裡？不是應該在對面車站嗎？」

大概是因為不想跟他接觸，所以總是會留意他往哪個方向走，我會避開那裡，所以當我知道他家的方向跟我相反時，真的鬆了一口氣。

黎子惟沒有馬上回話，這暫時的沉默反而讓我看清楚了身邊的人的表情，尤其是詩彥，好似驚異之中帶著一絲不明的情緒。

「我要去找人。」黎子惟笑得有些苦，好像回到那個我第一次看見的他。「本來以為妳會陪我，因為只有妳知道。」

「曉語，車來了。」

右手掌心被瞬間握住，等我反應過來早已被拉上車，車門隔開了還愣在原地的他們，只有我和詩彥，還有那逐漸收緊的手。

像刺蝟一樣。

不知道車開到哪裡、過了幾站，我們就那樣並肩站著、手牽著，他低著頭，一句話也沒說。我試過幾次掙開那力量過大的束縛，卻總是反過來被抓得更緊，最後我放棄了，其實牽著也不錯，我可以真真切切的感覺到他就在我身邊，就像他成為我生命中最特別的外星人那天，他也是這樣緊緊的抓著我，只是這次，整個掌心滿滿的都是他。

我在電腦前看著自己剛剛鍵入的字，只覺得滿臉發熱。

「我好希望沒有放開的一天……」

要是以前的我，一定不敢相信自己會寫出這種肉麻的句子，只是現在的自己看起來，卻真的成為了希望。我想我對詩彥的依賴，大概龐大得讓我無法想像，也龐大得……令我害怕孤單再次找來。

如果我也能成為某個人最重要的人，那個人也會像我需要他這般的需要我嗎？當然，答案不會自己出現，也許不會有這樣的一個人，至少我覺得詩彥不會是，更何況我身邊任何一個稱得上是「朋友」的人，他們不會是沒有了我就會難過的人，他們本來就有自己的圈子，是我加進去的，有或沒有，似乎都是一樣的。但是我很高興他們能夠這樣坦然的接納我，一次又一次的站在我身邊，我有現在這群朋友，都是因為詩彥，是他把我帶到他的圈子裡。

詩彥之於我是特別的，特別到……連寫小說的主角都會照著他的形象去寫。

這是我在無名小站網誌裡連載的小說，剛開始沒有人看，但最近「誰來我家」的大頭貼變換得有些快，留言也開始多了起來，好多人希望男女主角趕快在一起，我卻有些猶豫。

即使換了名字，我知道，男主角就是詩彥，而使用第一人稱的女主角……

「曉語！原來妳也用無名喔？」電腦課，亞如探頭過來看。

我立刻切換畫面。「嗯……隨便玩玩而已。」

「那是什麼啊？」坐在另一邊的子惟也湊過來。

「吼！外國人，你沒跟上流行耶！」亞如打開她自己的頁面，興匆匆地跟子惟討論起無名，甚至還幫他辦了一個帳號。

「曉語快加我好友啦！」亞如拉著我，一臉興奮。

我看著她的好友列表，只覺得很不可思議。其實她已經很多好友了，網誌文章也特別活躍的樣子，反觀我自己，好友列表裡根本沒有班上的人，頂多就是幾個比較熟的讀者，也稱不上真正的「好友」，只是禮貌性的相互關注而已。

「亞如，我沒有加班上的人，也不是很常打開……」我找不到什麼理由可以婉拒她的邀請，只好這樣搪塞，希望她聽得懂。

「喔，沒關係啦！還是可以加啊，這樣我就是班上第一個加妳好友的人耶！」希望破滅，她沒聽懂。「妳也可以加子惟啊，妳這樣會成為他第一個好友喔！」

第一個……我看了看離我有些遠的詩彥，正好對上他的注視。如果要加的話，我情願他才是第一個，但我不知道他有沒有在玩無名小站，也害怕他看到我寫的小說，說穿了，我就是害怕班上的任何一個人看到。

「好吧，算了。」大概是我太久沒有回話，亞如也看出我沒有意願，她自己嘟著嘴轉了回去。

子惟對我聳了聳肩，我朝他笑了笑，重新打開了剛發表的小說，想起昨天放學的事情——我還沒來得及問他為什麼反應這麼大，他就下了車，下車前還一如往常的笑著跟我道別，只是表情……特別難看。

如果說我沒發現詩彥的異常，那就真的是騙人的。可是我不懂他最近情緒變化這麼大的原因，問了，他也只給我一個無法不擔心他的笑容，或許他覺得這樣什麼都可以隱藏起來，但看在我眼裡，便成了說不出口的奇怪，那種不像是彭詩彥的狀態，每每在他身上發現。

一下子變得很尖銳，像刺蝟一樣的狀態，例如現在。

體育課，剛結束一百公尺短跑測試，大家都還在場邊喘息，除了在籃球場裡那些生龍活虎分隊的男孩們。「鬥牛」這個詞用在他們身上真的很合適，一顆籃球在那群男孩手中、眼裡快速的晃動、傳遞，每個人為了那顆球瘋了似的搶奪，就像鬥牛看見劇烈晃動的旗幟一樣，不顧一切的往前衝。

詩彥雙手大張，身子微蹲，雙眼直視著前方——子惟一手防著詩彥，一手在身側運球，兩人僵持在原地，眼神流露著互不相讓的意志。一瞬間，詩彥伸手抄球，子惟一個轉身閃過，跳起，球進。

場邊掌聲四起。

詩彥看起來有些懊惱，億賢拍了拍他的肩，卻被他撥開。原來詩彥那麼在乎輸贏，即使這樣小小的比賽，可能下了課就不會有人記得比數的比賽。

「曉語，打球。」休息得差不多，于佳拉著我到籃球場裡，還招了幾個女孩們一起，然後朝著球場裡大喊：「喂！我們女生加進去，打全場如何？」

場裡剛剛還在混戰的男孩們全都停了下來，看著我們。

「好啊！」體育股長很乾脆的答應，還替我們分好了隊。

我們班的女生對體育課算是很熱衷，比起愛在樹蔭底下聊天嬉戲的其他班女生來說，這樣無懼烈日當頭或是細雨綿綿也毫不在乎的奔馳球場，在高中女生看來，似乎是個奇觀。女孩們打起球來的激烈程度其實也不輸男生，技術不足造成有勇無謀的衝撞，看到球就搶，反而形成一種弱肉強食的生存遊戲。

六打六，不是正規比賽的數字，沒有人在意，反正是個遊戲。

「女生打球很可怕，幸好我頭髮不長。」站在我身邊的億賢摸了摸他的平頭，臉色複雜。

「什麼意思啊你！」于佳推了他肩膀一下。

我們這隊的男生有億賢、子惟和體育股長，女生有我跟于佳，還有讓人意外的學藝股長張沛吟，看她矮矮小小的，速度快又沒存在感反而在球場上成為讓人無法不警覺的對象；詩彥和亞如同一隊，亞如站在他旁邊看起來像是在跟他聊天，但其實只有她一個人在講，詩彥逕自沉著一張臉，看著我們這裡。

「曉語，我們打個賭好不好？」開球前，子惟走到我身邊，看著前方。

「嗯？」跳球的沛吟把球傳到了我手上，我立刻長傳到早已衝到對場的億賢手裡，說時急那時快，球進，我根本都還沒跑過中線。

「如果我今天進了五球，妳就陪我去找那個人。」對方進攻，我們防守，子惟扔下了這句話便搶到了球，迅速衝到對面，閃過了各種攔截，球進。

「為什麼是我？」見他再次走來，我問，他只是笑。

球權再次回到對方手上，沛吟運用了自己的優勢，出奇不意的搶到了球，迅速轉身進攻，見狀，我和子惟都跑了起來。亞如守死了子惟，我得了個空，球才剛傳到我手上，詩彥就出現在我面前，現在所有人都被守死了，場面僵持著。

我單手運球，防著離我僅有一步距離的詩彥，自知不是對手，卻找不到可以傳球的出口。

「曉語！」是子惟的聲音，我瞄向他，他還是那張笑容。「……因為只有妳懂我的感覺。」

話音剛落，他掙脫了亞如的防守，繞到我的身後，拍走了球，所有人定在原地，只有他，輕鬆上籃。回首，伸出兩個手指比出勝利的手勢，提醒我這是他的第二球。

突然，詩彥快步走到子惟面前……

我想我不懂的太多了，包括你。

我想我知道子惟的感覺，是那天在機場裡那個相似的失落。我沒有多想，但或許有人多想了，我看著眼前僵持的兩個人，一下子不知道該怎麼辦才好。

「你能不能不在比賽的時候聊天？」詩彥面帶憤怒，沒人知道原因，他卻吸引了所有人的目光。子惟側過頭來看了我一眼，隨後將視線定在詩彥身上。「我跟我的隊友聊天，不行嗎？」

「你要跟誰聊天我沒意見，但你能不能不要聊天？」

「既然我跟誰聊天你都沒意見，那我要不要聊天又怎麼輪得到你管？」子惟滿臉莫名奇妙。「你的邏輯很奇怪。」

其實我平常就可以隱約感覺到詩彥對子惟的敵意，但就我了解的他，不會是這種人，相反的，他跟子惟甚至應該十分契合才對。可是事實是，他們不對盤，原因不明，就是不對盤。

子惟朝我走了過來，詩彥立刻拉住了他。「不准去。」

「不准去哪？」子惟甩開了詩彥的手，他似乎火氣也上來了。「你真的很多管閒事耶，我跟誰講話、往哪裡去，都得經過你的批准嗎？」

「不需要，但我不希望你靠近她。」詩彥的聲音很低，但球場上太過安靜，傳到了每個人的耳裡。

「誰？」子惟反問。

場內場外開始騷動了起來，場中間的我往于佳身邊退了退，因為那兩人同時投來的注視。

「曉語？如果你是喜歡曉語才不准我靠近她的話，可以啊。」子惟笑了笑，笑意卻帶著試探。

「但是她有在等的人，你知道嗎？」

他話一出口，我就慌了。我沒有想到他會把這個我刻意隱藏的祕密講出來，大庭廣眾的。同學們的起鬨聲壓過了我的慌張，我又退了一步，脖子卻被勾住，哪裡也去不了。

于佳對我搖了搖頭。「不要逃，逃了，妳更奇怪。」

我的確想逃，因為我留在這裡，大家都只會誤會我跟子惟的關係，可是于佳說得對，逃了，我就真的變得更奇怪了。我不想大家誤會，更不希望詩彥誤會，但我留在這裡，又能做些什麼？

「……誰、誰喜歡她啊？我就只是單純討厭你打球不認真、在女生面前亂耍帥！幹嘛把孟曉語扯進來啊？」詩彥推了下子惟，皺起的眉間像是為了印證自己話中的嫌惡。

我聽見了、聽懂了、聽進心裡了。我可以感覺得到心臟的顫抖，還有雙手不受控制的握緊，指甲嵌進手心的感覺很痛，此時此刻我就只能藉此讓自己保持冷靜，至少是表情上的。

「嚇死我了，我還以為你們兩個在看我，被你們喜歡我也是會怕啦！離我的曉語遠一點好嗎？」于佳一邊大喊著，一邊勾著我往場邊退了退。

脫離了暴風圈，我感激的朝著于佳牽起嘴角，她則還給我一個令我安心的微笑，這個微笑，竟讓我想起那個河畔邊、陽光下，詩彥從書中抬頭，眼睛裡的波光粼粼，還有猶如太陽般溫暖的笑顏。

這場意外的衝突在鐘聲的敲擊下被強制結束，回到教室後，我還是能夠感覺得到微妙的氣氛在整間教室環繞，尤其當詩彥跟在億賢的身後走回座位時，他望著我那種無法解讀的眼神，我躲開的那個瞬間。

「那個……我宣布一下剛剛測跑的成績，以下念到的人將要代表班上參加班際大隊接力。」體育股長站到講台上，中氣十足的聲音蓋過了大家的吵鬧聲。「男生第一名，黎子惟；女生第一名，張沛吟……」

班際體育競賽是校慶傳統的節目之一，也是學生最愛參加的節目，因為是班際競賽，所以每個人都必須要有參加的項目，大隊接力是體育競賽中的重頭戲，每個班都想著要派快腿上場，其他項目就隨性分配，但我們班貌似燃燒著每個項目都拿下冠軍的氣勢。

我和億賢也是大隊接力的選手之一，于佳則選了鉛球比賽。

「再來我想問一下，我們班有人會游泳嗎？」體育股長掃視了一下班上。「啊，我知道班長和衛生股長是游泳隊的，就算加上我，混合接力也差一個人，還有誰會嗎？」

我轉頭看了眼身旁一臉淡然的亞如，她只是聳聳肩。

「彭詩彥啊！」于佳的聲音劃破了彼此間的面面相覷，將所有的目光重新聚集到我身後，我沒有轉頭過去看他，即使我對於他會游泳這件事感到意外，大概是因為他從來沒有告訴我……但我始終沒有轉過頭去，不想、也不敢。

「喔！看不出來喔！彭詩彥，可以吧？混合接力。」體育股長喜出望外，問道。

「嗯。」身後傳來一聲應允，聽不出情緒，不知道是冷淡、是無所謂，還是其他。

「詩彥，混合接力你要游什麼的啊？」亞如的聲音十分歡快，跟我的心情成反比。「我游仰式的，你呢？」

「自由式。」

「唉呀，那就跟班長重疊了耶。」

剩下的對話我沒有力氣聽下去，收拾了書包就往外面走，今天的放學，尤其想一個人。

「喂，幹嘛都不等我們啊？」是于佳，和她一起的還有億賢。

我沒有回話，也沒有趕他們走，只是靜靜的，努力想要像平常一樣的走在他們身邊。

「曉語，那天……妳真的去了機場對吧？」公車站旁，億賢突然開口。

我轉過頭，見兩個人都露出笑容。「你們……」

「我問過黎子惟什麼時候認識妳的，結果他說在機場。」億賢伸手攔下了車，卻不是往他家方向的。「所以妳在等的人是誰，妳要不要自己說？」

車停了下來，門開，我被一股力量推上車，跟我一起被推上車的還有詩彥。門關，車外的兩個人朝我們揮手，臉上笑容依舊，我卻笑不出來。車上人不多，甚至有空位，這是平常最期望的，今天竟格外讓人不知所措。我不知道這樣的空曠能讓我躲到哪裡才能不被發現，這是一種很奇妙的感覺，我現在不想要面對他，現在的情況又不允許我逃開，索性呆站著。

「曉語……」

「只有今天，暫時不要說話好不好？」我低下頭，握緊了拉環。「拜託……」

「那過了今天，妳就可以說了嗎？」他彷彿對我的請求無動於衷，逕自問他想問的。

我搖了搖頭。過了今天，也許可以、也許不行，但至少不是現在。我還沒有理清楚自己心頭上、腦子裡那些混亂的情緒和想法，我不知道自己會說出什麼話、做出什麼事。

「今天體育課結束以後，億賢把事情都告訴我了。」他的聲音就在耳邊，穩穩的、輕輕的、緩緩的。「我回國那天，我沒趕上告訴他的那班飛機，改搭了下一班，所以跟妳錯過了。」

我沒有出聲，他繼續說了下去：「我以為會是億賢來接機，所以那天一下了飛機就立刻打電話給他，沒想到他在電話裡罵了我一頓，我剛剛才知道，那天來的人是妳。」

「為什麼跟我說這些？」我抬頭看向玻璃上映著的他的臉龐，意外的對上他的眼睛，困住，再也逃不開。

我不懂，為什麼要跟我解釋？為什麼不問我衝動跑去機場的原因？為什麼不乾脆讓我知道自從回國以後就一直陰晴不定的心情是怎麼一回事？我不懂，為什麼讓我處在很不安狀態？為什麼今天會說出那樣的話？我更不懂，為什麼先是把我推遠了之後再溫柔的把我拉近？

「因為……妳在等的人，是我。」

肯定句。我想我不懂的太多了，包括你，彭詩彥。

可是等到了，然後呢？

無名上的小說開始出現讀者，其實真的很感動，也很意外，這彷彿不是我該有的待遇，每次更新時都會出現幾篇留言，那樣字字句句堆積起來的真誠，令人受寵若驚。

我開始能夠理解網路上的寫手們為什麼那麼重視、在乎那些留言，視其如枯草上的甘霖、雨過天青的彩虹，因為渴望被滋潤、被溫暖，因為自己的想法、感受，有人共鳴、有人分享，就像有人陪伴在自己身邊似的，也解了創作的渴。

電腦前，我一一回覆著，努力地傳達內心的感謝，直到在一篇寫得很長很長的留言前停了下來。

這是沒有看過的帳號。她寫了一個關於她自己的經歷，類似於我，是個在自己封閉的個人世界裡遇見誤闖者的故事，她說他這一闖，就闖進她的病房裡、童年裡，她開始依賴他、喜歡他，即使這個喜歡並不是愛情的那種喜歡，直至有一天他離開了自己身邊，留下了美好的回憶和缺乏實踐方法的約定，現在那個人的樣貌早已模糊，連名字也記不得了，所以她也放棄等待了。

又是一個相似的失落，只是她站在釋然的角度，在曾經深刻的情感上輕如微風。

「如果可以等到他，該有多好。」許久，我回道。

可是等到了，然後呢？

我想起公車上，詩彥跟我解釋時的表情，比我更無措、更慌張，只有語氣強壓著內心的紊亂，字句顫抖著，小心翼翼。我卻在他拆穿我的同時，逃開，按了下車鈴，落荒而逃。他跟著下車，追了上來，攔住我。

對不起——他說。

我並不想讓他看見我狼狽的樣子，可是他的道歉隨著微濕的空氣飄盪，讓我格外的……想哭。

不清楚自己在委屈什麼，是他的誤解，還是他那嘴上無心的推斥，在我耳裡成了有意的恐懼？一種全心全意的信賴將再次被狠狠踐踏的恐懼。

但是沒關係，因為他是詩彥，那個一向溫柔體貼的詩彥，我不應該害怕相信他。於是我決定保持平常心去面對，因為要是我縮回了蝸牛殼裡，跟以前又有什麼兩樣？

關上電腦，拿了書包就走出家門，明明一如往常的出門時間，其實整整早了兩個小時起床，要是被媽媽知道我一大早開電腦，大概又要被念了。

早晨的空氣總是清冷，一個人走在路上，呼吸之間竟是熟悉的孤寂。搭車的人寥寥無幾，剛剛甦醒的大地還慵懶著，我一如往常的坐在窗邊，抱著英文課本、咬著三明治、啃著單字，早已習慣這樣的生活，反反覆覆的，麻木了，卻適應了。

沉重的課業壓力、硬梆梆的水泥森林、放學後擠沙丁魚般的人潮、不肯慢下來的生活節奏。

「下一站……」

習慣在某一站時從課本中抬頭，尋找那個人的身影。這一站停不停、有沒有乘客對我來說不再無關緊要，因為我開始期盼著他上車的剎那，開始期盼著他坐在我的身邊，開始偷偷用自己的東西替他佔位子。

但他今天沒有上車。

我將旁邊座位上的東西放到腳邊，課本擱在腿上，再也無心背誦。抬頭看向窗外悄悄探頭的太陽，還有柔和陽光下緩緩精神的街景，只有我倦意襲上眼皮，等再睜開眼睛，就是準備下車的時候了。

我收拾了書包，剛要起身就發現了坐在身邊的詩彥。「你、你什麼時候上車的？」

「在妳上車之前。」他得意的牽起笑容，彎彎的唇線在陽光下閃閃發亮。

在我上車之前？「什麼意思啊？」

下了車，他走在前面，沒有回答我的問題，心情很好的樣子，彷彿前幾天的事情只是過眼雲煙，有時候我真的羨慕他能夠自我調適得這麼輕鬆，永遠正向樂觀的面對著每件事情。可是反過來想，我之於他，是不是相對的不被在意呢？

還是我太在意他了？

「曉語，妳有沒有忘記什麼東西啊？」快接近校門的時候，他停下腳步轉過來。

「沒有吧……」我低下頭去看手上的提袋，也檢查了書包，正覺得納悶時就發現不對勁了。

「啊！我的領結！」

明明出門前還有特地打好的啊。我慌慌張張的抬頭，一條紅色的領結在眼前搖了搖，旁邊還搭上彭詩彥惡作劇得逞的壞笑，那笑，是在笑我的迷糊。

「拿來喔！」我伸手要拿，他拔腿就跑。可惡，明天開始我一定要在領結後面別上別針，這傢伙有第一次就一定會有第二次。

校門口還沒有糾察隊檢查服裝，我們就這樣一路跑向教室。

「彭詩彥，還我啦！」

「不要啊，有種自己來拿！」

他朝著我做了個鬼臉，然後轉身溜進教室裡，我甫一跟進，原本鬧哄哄的教室立刻安靜下來，只剩下幾個故意壓低的議論聲，還有時不時投過來的異樣眼光。

怎麼了？

回到座位上，彭詩彥還拿著我的領結悠閒的在我眼前晃，我才剛要伸手，領結就被另外一隻手拿走，塞回我手上。

「澎澎洗髮精，你好無聊。」于佳放下書包，順手巴了一下詩彥的後腦杓。「小學生嗎？」

「痛啊！」詩彥揉了揉痛處，嘴上卻還叨著。「還有，跟妳講幾遍那是沐浴乳！」

「誰理你，你怎麼知道人家公司不出洗髮精啊？」于佳翻了個白眼，再前後一百八十度大改變翻個笑容給我。「對吧？曉語。」

我笑著聳肩，這時候站在誰那裡都不對，於是保持中立。

「吼，連妳也這樣。」于佳不太滿意我的反應，轉頭拉住剛走進教室的億賢。「哎，你說對不對？」

億賢一頭霧水的看著我們，不一會兒便轉身放下書包。「妳在講什麼我不知道，我只知道大隊接力的選手今天早上要練習，孟曉語，走了。」

「喂，你現在提大隊接力什麼意思？」于佳用手指戳了一下億賢的手臂。「蛤！」

「笑妳跑太慢的意思。」億賢的話一出口，詩彥也跟著笑了出來，兩人立即被于佳各賞一拳。
一大早就遍體麟傷的詩彥再次揉著自己的後腦杓，一手指著不痛不癢的億賢，滿臉寫著不平衡。
「桃于佳，為什麼妳打他就那麼輕啊？」
于佳愣了一下，瞥了眼億賢後，又作勢要給詩彥補上一掌。「人、人家是第一名耶，打笨了怎麼辦？」
我看見了億賢淡淡的笑容，還有于佳雙頰上淺淺的粉紅。
等晨練結束，再回到教室裡時，我能感覺到的異樣又比剛才更濃了。我抱著剛換下的體育服回到座位，剛剛缺席練習的子惟此刻才背著書包緩緩走進，臉色不悅的略過我，只有在經過我身邊時，朝著我擠出一點苦澀笑容。
「曉語，我可以問妳一個問題嗎？」剛準備好上課的用具，亞如就湊了過來，一臉躊躇。
我點點頭。「嗯，可以啊。」
「學校網站留言板上面的留言，是妳寫的嗎？」她問得很小聲，好像必須這麼小聲似的。
留言板？

即使沒人期待，該來的還是會來。

標題：給我後座的男孩

來自：你前面的女孩

內容：

其實我知道這樣留言很突然，可是我真的忍不下去了。給在我身後的男孩：每天我都會再上課的時候偷看你，你專注又帥氣的樣子讓我移不開眼睛。你知道嗎？我很喜歡這樣的你。你總是溫柔的對我，前幾天再籃球場雖然有點不愉快，但是沒關係我還是會一樣的喜歡你。

大多時候，人都無法預料將要發生在自己身上的事，即使計劃周詳，即使沒人期待，該來的還是會來。也許有些事情能夠當作理所當然，但更多的卻只能帶來巨大的驚愕，然後人會認為這樣的驚愕，理所當然。

「曉語，這真的是妳寫的嗎？」亞如的聲音就在耳側，我卻無法給予回應，我還在那詫異中，緩不過來。

等我抽出時間到圖書館上網，這一天也過了一半，不過半天的時間，這傳聞已經沸沸揚揚，我想無論我如何否認，大家依舊會投以曖昧的眼神。我知道，他們才不會在乎真相，他們在乎的只是這個茶餘飯後的笑話還有沒有下文，我得承受著來自四面八方的嘲弄、挑撥，那些也許說者無意，聽在我耳裡卻成了刻意的玩笑，越是不理不睬，這個誤會就只得越結越緊。

可是怎麼解？我不敢，也沒有證據，弄得好像是我自導自演，最後還是淪為笑柄，而我……無處可躲。

「哇，看了這個之後，有多少男生要提防自己前面的女生？」于佳也在我旁邊，像平常一樣的開著輕鬆的玩笑，語氣卻是這半天以來第一個毫無惡意的。「少男心什麼的可以期待一下了。」

「于佳，難道妳認為不是曉語寫的？」

「難道這裡有說是曉語寫的嗎？匿名是假的喔？」

我朝于佳笑了笑，感謝她這種不先入為主的求實個性。

「可是曉語，是妳寫的嗎？」亞如輕輕拉住我的手，滿臉擔憂。

我搖搖頭。

「那該怎麼辦？」亞如看起來比我還慌張。

我的目光離開亞如，停在于佳身上一會兒，最後回到電腦上。也就那麼一會兒，我在她臉上讀到了擔心，還有一點點原因不明的探究，我知道，她還在找答案，替我找解決問題的答案。

「還能怎麼辦？」我反問，因為慌亂、因為毫無頭緒。「我不知道啊……」

「這樣好嗎？放著這個留言不管。」亞如問道。

「去跟大家解釋吧，既然不是妳寫的。」于佳伸手關掉了電腦，堅定地說道。

「解釋了，然後呢？」我問。就算大家相信不是我寫的，我依舊是大家關注的對象，有沒有解釋重要嗎？反正，時間會讓一切過去的啊。

「也是，如果詩彥真的喜歡妳，解釋了反而會傷到他。」亞如放開了我的手。

如果詩彥真的喜歡我……？

「小姐，妳的假設會不會太超過？」于佳沒好氣的說道。

「很難講啊。」

這個假設的確太超過了，可我竟在一瞬間相信了這個假設。難道我真的存著這種荒謬的僥倖？僥倖什麼？詩彥的感情嗎？但說實話，比起自己，我更擔心詩彥，即使他什麼都沒說，我還是不希望他因為我受到任何傷害，就算我也不是自願的。

我支開了亞如和于佳，在非社團時間來到音樂教室，心實在太亂了，而這裡是我唯一一個令我感到安心的地方。

「就知道妳在這裡。」

剛踏進教室，就迎來一張熟悉的笑，笑得令人心塞。有那麼一秒，我多麼希望他不要對我笑，不要笑得這麼安然。

他走向我，而我退了幾步，他愣了一下，抿起唇笑了，抬手就是一記手刀輕輕地劈在我頭上。

「傻瓜，幹嘛一副做錯事的樣子？不是妳的錯啊。」

這一刀，像帶著濕氣的寒風從脖子後方偷襲般刺骨的冷。此時此刻，我竟不知道該有什麼反應，只能低著頭，看著逐漸模糊的地板。

為什麼不問我？為什麼保持沉默？為什麼就這樣相信我？為什麼還要帶著笑容安慰我？他被扯進來了，被我害得也成為大家閒言閒語的對象，應該委屈的吧？應該氣憤的吧？應該討厭我的吧？

可是他笑著，沒有改變。

「這個反應……我可以當作是我被討厭了嗎？」

我搖頭，對上他變得有些無奈的笑顏。「不是……」

「那就好啦。」他輕揉我的頭髮，語氣比平常更柔、更輕。「別人怎麼說是他們的事，如果妳不想解釋，那我也不解釋，我們都不說，久了，他們也會忘的。」

一個巴掌拍不響，只要不對號入座，主角就不會是我們。

「對不起。」我懂他的意思，但心裡還是過意不去。

「不，是我……」他放下了手，垂在腿邊，瀏海下竟是懊悔的表情。「都是我害的。」

原來，我們都在自責，認為是自己害了對方，可是心裡都清楚，這個錯根本不是我們造成的，委屈一定有，卻更怕彼此難受。

我握住他的手，明明是溫暖的晴天，但他卻異常冰涼。他望向我，眼底裡全是驚訝。

如果單單我一個人還好，因為有他，所以我才可以更快釋懷，但最少最少，我不希望他受傷。

然而，讓人忘記一件「有趣」的事情比想像中難上好幾倍，儘管我們兩個對傳聞不做任何反應，喜歡戲弄人的繼續戲弄，看好戲的繼續看好戲，湊熱鬧的還是湊熱鬧，只要我們同時出現在一個地點、並肩走在路上，身旁絕對少不了起鬨的笑聲，說著不堪入耳的話語，自以為的幽默。

「不回答就當默認囉！」

很多人都會丟下這句話逼我們就範，嘻皮笑臉的走開，臉上的得意像是做了一件了不起的大事似的。

「你幹嘛這樣啦，他們當然也有保持緘默的權力啊！」

剛練完大隊接力，我坐在操場邊，經過的同學又無聊的跑來胡鬧，就算詩彥不在我身邊，他們也不會停下來。我看著他們走掉的身影，心情平靜得連自己也很驚訝，許久，只得一笑置之。

「還好他們不是在泳池那裡對著詩彥說這些話，」于佳拿著兩瓶礦泉水走近，一瓶給我，一瓶給億賢。「不然他們大概就只能被拖進水裡了。」

我笑了笑。「詩彥哪有這麼狠？」

「妳不知道他生氣的時候有多恐怖，比上次在籃球場還可怕。」于佳皺起了五官，兩隻手擺在頭頂上做出牛角的樣子。「但是他生氣也不一定會表現出來。」

再一次的，我發現自己又有一個未知的彭詩彥要認識，但我記得，他說過他不對我生氣，那這個樣子的他，我是不是可以不要知道？

「我不懂耶，喜歡一個人是罪嗎？為什麼大家要一直拿來當話題啊？」于佳坐到我身邊，問題卻拋給了億賢。

我也轉頭看向他，只見他低頭把玩著手上的寶特瓶，若有所思的樣子。

「因為這個世界太無聊了，他們需要一些八卦去豐富他們的生活，藝人明星太遙遠，身邊的同學就一定最精彩。」億賢雙手抓著寶特瓶的兩端，用力一甩，裡面立刻旋轉出一個小小的漩渦。「就不要被我抓到那個該死的狗仔。」

我一嚇，因他眼底那閃閃發亮的殺氣。

「要不是你們兩個說好冷處理，我每次聽都要爆炸了，虧你們兩個還可以一直忍著。」于佳語氣裡有些氣憤，大概是她心裡的正義之火燒得正旺，又有很多人喜歡往那裡堆乾柴。

「反正有你們相信我就好了。」我把礦泉水塞到她手上。「喝點水，息怒啊。」

快樂的時間總是過得特別快，痛苦的時間總是需要長久的等待，時間沒辦法保證可以淡化這些已然形成的傷疤，可傷口總有一天不會再痛，我只需要等到那一天就好了。

「我會贏你的，不要太得意！」

「沒關係啊，我就得意到你贏我的那一天為止。」

不遠處鬥嘴的聲音引起我們的注意，轉頭去看才發現是黎子惟和學藝股長張沛吟，兩個人在終點線，滿頭大汗扶著膝蓋低頭喘氣，嘴上不忘繼續拚個高下。這幾天練習的時候，他們兩個總是勝負欲高漲，練習結束之後總要來一場比賽，雖然都是黎子惟贏，但張沛吟卻堅持著每天挑戰。

「怎麼就沒人說說他們兩個，看起來感情很好啊。」于佳涼颼颼的說著。

「吵成那樣嗎？」億賢輕笑了起來。

其實還滿驚訝印象中很安靜的張沛吟，原來也有這樣不服輸的一面，能夠聽到她大聲說話的機會不多，除了開班會股長匯報的時候，就只有跟黎子惟吵架的時候了，平時冷漠的表情在此時多了一些生動，會皺眉也會嘛嘴，會賭氣也會怒吼。

我試著想像自己和詩彥能不能像那個樣子，腦子裡卻只能一片空白。

「哎，我說曉語，妳都不會好奇兇手是誰嗎？」

做不了最普通的存在。

我當然好奇兇手是誰，恨不得立刻找出來，可是找到了之後會不會傷害到那個人呢？如果那篇留言全是另外兩個人的故事呢？

我心裡存著這種僥倖，自以為仁慈，為犯人開脫，為自己開脫。

結束大隊接力的練習，億賢和于佳要去書店買參考書，至於詩彥，他因為要練游泳，已經一陣子沒有一起搭車了。於是我一個人踏上歸途，有一點不習慣，也驚奇地發現自己竟然不習慣，久違的感受到了這份屬於孤單的寧靜，曾經習以為常的孤單，如今只剩一笑置之的曾經。

「真稀奇，妳一個人搭車。」

聲音來自身邊的位子，我轉頭去看，張沛吟抱著書包，手上拿著一本小說卻沒有翻開來看。

「嗨。」我一個人搭車，在別人眼中成了稀奇的事情嗎？

「我以為你們那群連體嬰不會分開行動。」她嘴角眼角全都含著笑。「結果還是會的嘛，畢竟不是真的連體嬰。」

我聽得有些糊塗，為什麼要在說下文的時候吐槽自己的上文？

「也是啦，朋友之間哪有所謂的連體嬰，最多就只是兩人三腳而已。」她看著我。「啊哈，對不起，如果聽不懂就不要理我，我常常說些奇怪的話。」

「還好，沒有很奇怪。」我別過臉，低頭看著因為練跑而沾上紅土的鞋頭。

從她的話裡可以知道她很了解自己的缺陷，卻沒有一點要改變的意思，很有自我，不為他人所影響。

「我常常在車上看到你們那群人，不過妳都不太說話，跟他們不一樣的感覺。」她把玩著手上的小說，快速翻頁產生的空氣流動輕輕吹過她的髮尾。「可是妳依然融合進去了，看起來很神奇……果然人際關係就是一種神奇的東西。」

「妳家也是這個方向的？」我選擇性忽略了她異樣而深澳的人生感慨，即使多少有點在意。

「現在才知道？」她很驚訝，但她的反應讓我慚愧，我太不關心周遭的事物了。

「而且我住妳家附近喔。」

「不要再說了，我好愧疚。」

她大笑了起來。「看妳這樣，我好有成就感。」

成就感？哪來的成就感？

意料之外地，她十分健談而且開朗，跟在班上沉默乖靜的印象不太一樣，但這樣的差異反而讓人感到舒服，大概是因為她的態度給人一種無論如何都理所當然的感覺。我所看到的一切模樣都是她，不做作，天真直率。

這一點跟子惟有些相似，也難怪他們相處得這麼自然。

「我跟在班上的時候不太一樣對吧？我只跟我想說話的人說話，剩下的時間就安靜的觀察，尋找值得我交流的人。」她依然笑著，獨獨眼神中閃爍著慧黠，一下子看透了我的想法。

「所以妳想跟我說話？」

「若是平時就算我想也找不到機會，但今天剛好，我有話想跟妳說，」她收起笑容，看起來卻不嚴肅。「妳聽起來可能很突然……」

她很認真、很認真的看著我。「我相信那封留言不是妳寫的。」

我愣住了，這是一份突如其來的、來自陌生同學的信任，在這之前我們幾乎沒有交集，她卻給我這麼厚實的感動。

「為什麼？」這令我意想不到，大部分人都對那封留言的出處採取玩笑、猜測、懷疑的態度，只有她給了肯定句。

「在哪裡的『在』，再見的『再』，以妳的程度會搞不清楚嗎？而且……」她嘴角勾起不屑的弧線。「坐在前座的人要怎麼偷看後座的人？是妳的話就不會在常識上犯這種低級錯誤。」她起身，按了下車鈴。

原來我們真的住得很近，同一站下車。

她的話聽起來沒有什麼根據，卻又有一番道理，屏除那個常識上的失誤，她怎麼知道是我就一定不會犯錯？

「喂，那個……」我心裡有好多問題想問，可是當看見走在前頭的她笑著回頭時，我突然什麼都問不出口。

「沛吟，我的名字。」她走到我面前，嬌小的她抬頭看著我。「妳明明已經知道了，就不要用『喂』來喊我，會讓我想到一個可惡的人。」

可惡的人？我想起每天和她在操場上鬥嘴的那個身影。「子惟嗎？」

「黎子惟？」她失笑出聲，轉過身的當下，我看見她收起笑容之後的淡淡傷感。「是比他更可惡的人。」

但不管怎樣，子惟還是成了可惡的人。「沛吟，剛才謝謝妳。」

「不用謝，我只是去相信我所相信的，跟那些覺得留言是妳寫的人一樣。」她背對著我揮了揮手，往對面的社區走。「明天見。」

「再見。」

只是相信自己所相信的，但她畢竟不是盲從、不是聽說，是自己認知的，這樣才更令人感動。

走回家的路上，我思考著她剛才的話，心情大概是這幾天下來最坦然的一段時間了，我知道不是冷處理帶來的效果，而是久而久之，心眼沒有被蒙蔽的人終會發現真相的，可是願意留心去發現真相的人不多，有就很感激了。

「曉語，剛剛有個男孩子來找妳，妳有遇到嗎？」甫進家門，正在客廳裡挑菜的媽媽抬頭問道。

男孩子？「誰啊？」

「他說是妳同學，有急事要找，在公園等……嘿！不要太晚回來啊！」

把媽媽的話拋在耳後，我丟了書包就往門外衝，風在耳邊呼呼的吹過，我一心只想要快到公園，一心只想見一見那個想見的臉龐。當事情發生後，我們唯一一次真正交談就只有在音樂教室那一次，在那之後就極少說話，即使跟于佳他們在一起，即使是並肩走在一起，我們總是假裝不經意的保持著距離，他知道我很在意旁人的目光，大概也顧慮著我的心情，陪著我沉默，刻意的讓別人以為我們漸漸的疏遠，可是我……

比起旁人的目光，我更受不了這種不遠不近的距離。

是，我想得到的更多了，更貪心了。我想坦蕩蕩的站在他的身邊，不是單純的陪伴，就像億賢說過的一樣，我做不了他身邊最普通的存在。

「曉語！」

「子惟？」

「妳怎麼會在這裡？」子惟身穿體育服，一個人站在公園旁的小巷口，看見我的時候一臉意外的樣子。

「我才要問你，你家不在這裡的吧？」如果沒有記錯，子惟家在相反的方向，這裡又不是商業區，他站在這裡本身就是頗奇怪的事情。

難道找我的是他？

「我住這裡喔，很久以前。」他抬頭看著眼前的一排樓房，指著其中一棟。「搬去德國之前住在那裡，其實我自己沒什麼印象，還是跟老媽要到了地址之後才找來。」

他手上拿著的小紙條，看著以前住過的房子時露出懷念的眼神，我想起他說過他在等人。「是來找人的嗎？」

「對啊，妳不陪我，我只好一個人找了。」他瞇著眼笑了起來，那笑容卻是滿溢的苦澀。「那個人住在我家隔壁，但是老實說，我不記得那個人的樣子，也不知道名字，小時候總玩在一起，怎麼就忘了要問名字呢，很傻吧？」

「你有按門鈴嗎？也許還在也說不定。」

「按了。」他收起笑容，苦澀卻收不回來。「那裡面是最近搬來的，說不清楚以前的屋主是誰……」他嘆了口氣，把紙條塞進口袋裡，繼續說道：「也是，十年前的事情，也許那個人也變了很多，根本就不記得我了。」

他回到那天在機場客運上，我看見的那個失落。

「可是你還記得啊，那個人對你來說一定很重要。」

「是啊，令人心疼又佩服的一個人。」他的目光一直沒有離開那棟樓房。「我們有過很多很多的約定，還沒有一個是兌現的。」

看著他落寞的身影，其他同學大概很難去想像陽光開朗的他也會露出這樣的表情。或許，他會願意對我說這些藏在心裡深處的回憶，是因為我們擁有過一樣的失落，今天這份失落又找上了他，而我又正好撞見。

「你放棄了嗎？」大老遠從德國飛回來兌現約定，難道只到這裡為止了嗎？

「不知道，線索斷了，我也不知道該不該放棄。」他轉過頭看著我，笑了笑。「也許哪一天突然就找到了。」

「如果有我可以幫忙的，就說吧。」其實我也不是不懂他只願意找我陪他的原因，這種深層的共通感，是人都只會跟已經發現的人說。

「我也只能跟妳說。」他保持著笑容，像暫時從雲朵後面探頭的太陽。「對了，妳沒說妳怎麼會在這裡，妳住這附近嗎？」

他的問題像是一顆炸彈在我的腦中炸開，我拔腿往公園裡跑去，四處找不到任何一個熟識的身影……

不用保護我，沒關係的。

我還沒從不安的情緒中跳脫，黎明就在輾轉之間來臨，陽光霸凌著我的身軀，綑綁著我的意識，緊緊的在心口打結。鏡子裡，眼球上布滿血紅色的蜘蛛網，每一眨，都是一次暈眩。

像昨日傍晚，昏天暗地的恐慌。

奔到電腦前，存著希望打開即時通，那希望一如他滅了色彩的大頭貼，一如我蹲在地上抱著膝蓋卻抱不住的空洞。腦子裡突然冒出從小到大一個又一個帶給我這種顫慄的臉孔，那些畫得精緻而溫柔的面具，一隻又一隻把我的信賴狠狠丟棄的冰冷手掌，他們輕緩地摀住我的口鼻，堵塞住我求救的吶喊，世界陷入重重黑暗，即使睜開眼睛也捕捉不到一瞬光影。風開始呻吟，或在我的耳邊瘋狂嘶吼，像那些絆倒我的人，在我身邊圍起圈子既是奔跳又是尖叫，興奮地抖動著他們的指頭，指尖朝著我，笑我的懦弱。

「孟曉語，遲到不說聲『報告』嗎？」班導站在台前，話音剛落，全班的目光都集中在我身上。我深深呼吸，試著去忽略那一個一個不懷好意的眼神，退到門外，低下頭，期望有些長的瀏海能遮住一些窘迫。「報告，對不起我遲到了。」

我的位子又輪轉回第五排第五個，心情卻怎麼樣都回不去當初的平靜。

早自習在我的恍神中結束，我拿著雜記本要交，剛起身就撞到子惟。「對不起。」

「喂，妳還好吧？」他拉住重心不穩的我，在狹小的走道上。

我看了一眼還在座位上的詩彥，他低著頭，專注地看著課本，看似平常，我卻感覺到不尋常的冰冷。

「曉語？」

「啊？沒、沒事……」子惟的聲音喚醒我的恍惚，抬眼見到的是他滿臉的憂心。

「真的？妳臉色蒼白耶。」他彎下身與我平視，臉就在我面前。

「沒睡好而已。」我縮了縮身子，輕輕撥開他的手，也撥開四周有意無意的眼光。「我去交雜記本。」

幾乎是逃出那令人窒息的空間，眾人的視線在我的脖子上繞圈、勒緊，我可以清楚地感受到手指與內心的顫抖，遲遲無法緩解。

交了雜記本，狂奔到廁所裡鎖上門，大口、急促的呼吸。

「欸欸，妳剛剛有看到嗎？」

「妳說黎子惟和孟曉語？當然有啊。」

「那個孟曉語不是喜歡彭詩彥嗎？現在又勾搭黎子惟是怎麼回事？」

「水性楊花？只要是男的她都可以？」

「不要亂解釋啦！」

「明明就是這個意思啊！」

「哈哈哈……我們回去跟班上講，糗死他們！」

「好啊好啊！」

門外的鬨笑，我聽得頭昏腦脹，眼前像是有千萬隻螞蟻在亂竄，上課鐘聲不能放縱我的恐懼，每一聲敲在我心裡都是一聲警訊。

關於什麼的警訊？我不知道，卻有一股不祥在心梢揮之不去。

教室裡傳出子惟的怒吼，我的腳步急停，躲在門邊。

「你們根本不知道真相，沒有證據就不要亂講話！」

「哪裡沒有證據了？她先在留言板跟彭詩彥告白，剛才又跟你拉拉扯扯，這都是證據啊！」聲音是剛剛在廁所裡聽到的其中一個，她的語氣理直氣壯，在真相以外斬釘截鐵。

「有眼睛的人都看得出來那個留言不是孟曉語留的，剛才我拉著她是因為她被我撞到，就算是妳我也會去扶，還是妳覺得撞到了人就這樣看著她跌倒也沒關係嗎？」

「所以你認為大家都瞎了嗎？」

「至少妳是瞎的。」

站在門口都能夠感覺得到教室裡詭異的氣氛，那裡好像有個結界，還貼上了不得靠近的符咒。

「彭詩彥，你說話啊！你不是當事人嗎？」女孩把話題拉到詩彥身上，她雙手交叉在胸前，眼神高高在上，彷彿要全世界來證明她才是對的。

教室裡突然安靜了下來，一個人影從我面前閃過，經過我的時候，一臉驚訝。

「詩彥……」

「過來。」

不得反抗的，手腕被他拉著，整個人跟著他的力道往前走，在空蕩蕩的走廊上，我可以感覺得到其他班的人是用什麼目光投在我們身上，卻沒有多餘的時間去在意。

音樂教室有人上課，他索性拉著我走上頂樓，風很大，他背對著我，放開了我的手。我沒有說話，只是低頭看著被他抓過的印子。

「孟曉語，我該怎麼辦才好？」他的聲音透過風傳了過來，失落的、無措的。

「妳說啊……」他轉了過來，抓著我的肩膀直直的看著我，滿眼的徬徨。「我該怎樣才能保護妳？明明都是我的錯啊……」

「詩彥，我聽不懂你在說什麼……」

如果要說剛才的事情，他們討伐的對象是我，子惟和詩彥都是被拖下水的，為什麼子惟替我說話受到了責難，詩彥無言以對卻把錯都攬在自己身上？那我這個罪魁禍首算什麼？

他抱住了我，雙臂緊緊的圈住我，我靠在他的胸前，聽見他激動的心跳聲，聽見他呢喃著我的名字，那聲音中的慌張在風中尤其明顯，好像我會就此消失似的。

伸手，我輕輕環住他，希望可以安撫他的情緒。「詩彥，不用保護我，沒關係的。」

他們說的話，我都可以不在意，只要你還相信我，還在我身邊就好了。

如果我再堅強一點，再勇敢一點，或許事情會有所轉圜，我知道現在還來得及，卻沒辦法想像自己面對那些人的時候，會是什麼情況。

「不行，我會找到方法的。」他拉開我與他之間的距離，堅定的看著我。

有那麼一瞬間，我在他眼裡看見的救贖，看見映在他眼裡苦笑之中帶著幸福的自己。我點點頭，因為相信他，只相信他。

我再次被他擁入懷裡，這次平穩的、柔緩的、溫暖的。「我有東西要給妳，社團時間在音樂教室等我。」

「好。」我輕聲應允。

班導並沒有多問我們翹課的理由，也沒有多加責怪，只是給了我們口頭警告。

詩彥因為游泳比賽要抽籤，出了導師室就直接跑向體育組，而我獨自走到無人的音樂教室，開了琴蓋，靜靜的看著黑白相間的琴鍵。或許沒了黑鍵，白鍵能夠奏出許多充滿希望、開朗的大調，可是沒了黑鍵，樂句裡的故事就會少了戲劇性，音符沒了必要的起伏，樂譜失去歌唱的意義，旋律即使幽轉曲折，那也是有了黑鍵之後才能擁有的精彩，生活如此、青春如此，人生如此。

沒有唾手可得的快樂，挫折之中才能發現異彩。

若不是因為大家的誤會，才逼得我和詩彥只能更緊密的靠在一起。

雙手擺上琴鍵，隨意的把心裡想到的旋律彈了出來，其實偶爾也會想要把這些靈機一動錄下來，但總是彈過了就忘了，就像是一件煩心的事情，發洩完之後就通通忘卻一樣。從前，只要我心情紛亂，只需要像這樣靜下來彈彈琴就可以平撫，但現在，可能還多了詩彥的陪伴。

門口傳來腳步聲，我停下手回頭一看……心臟像從捧得高高的手心中鬆手落下。「子惟，是你。」

「嗯，是我。我想說是誰在彈琴，結果是妳。」他走到鋼琴邊。「所以妳沒有社團活動，跑來這裡練琴？」

我點點頭。「你呢？怎麼還到處亂晃？」

「我？我也沒有參加社團啊！平常就到處亂玩，每個社團都去碰一碰，這樣也不錯吧，反正校規也沒有禁止。」他盤腿坐上我身後的課桌，好整以暇的說著他的話。

我卻感受到一個祕密被揭發似的難堪，只是沒有表現出來。

「妳會彈琴，怎麼都不說？」

「你也沒問啊。」

說穿了，班上還只有詩彥知道，雖然現在多了一個子惟。

「也是，找機會我們可以合奏嗎？」他說得興致滿滿。「我會很多樂器喔，在德國學的，鋼琴、小提琴、吉他、爵士鼓之類的，可是都沒有很長時間的學，我這個人就是三分鐘熱度啦。」

我笑了出來。「三分鐘熱度？可是你在找人的時候很執著啊。」

他深深呼吸，又用力呼了出來，像是把內心的沉重都吐出來似的。「大概也只有這件事有辦法執著了吧。」

他盯著琴面，或者是說盯著琴面上映著的自己，那眼神有些落寞。「我跟她立下很多約定，等她病好了以後要一起跑步、要一起學很多樂器……還有啊，在我回來的時候，她要在機場接我。」

「那個人生病了？」

「嗯，也不是固定的一種病，只是體質很弱，只要流行什麼病，就一定有她的份。」子惟的臉上漾起淺淺的笑容，沉浸在過去的回憶裡。「剛開始她會叫我走開，怕我被傳染，可是我偏不，誰叫家裡附近就只有她跟我年齡最近、最玩得起來。」

「你真的不怕被傳染嗎？」

他搖搖頭。「不怕，因為我特別強壯啊。」

我看著他，試著去解讀他現在的釋然，心裡卻只覺得惋惜。「後來你去德國了，她也搬家了，你忘記了她的樣子，名字也不知道，那時候你都怎麼叫她的？」

「小不點。」他轉頭看向我，目光又好像不在我身上。「啊，如果現在她跟妳長得一樣高的話，我可能就不能叫她小不點了。」

或許子惟心裡還是期待著跟他記憶裡的小不點見面，甚至去想像見面了之後的情景，他有目標，有獨自在這陌生的環境中屹立的理由。我們都不屬於這個城市，但他卻比我堅強了好幾百倍。

「對了，妳平常都一個人在這裡嗎？」

他的問題伴隨著下課鐘，我下意識的看向門外……空無一人。

結束了社團時間，我回到教室，沒見到詩彥，只看見自己的書桌上放著一本小說——那天他在書店裡找到我，新買的期待。

畏畏縮縮的人，是我才對。

他把期待還給我了，我可以這樣理解嗎？

把小說收進書包裡，我笑了笑，自嘲的。「這份期待還是你送我的……」

想起他在書店找到我的那天，我迫切想要得到的那個承諾，即使我緊緊地抓著他的手，得到的還是一片沉默。我知道承諾沒有那麼容易說出口，儘管我的不安沸騰到了極點，他也沒有做出他沒把握的約定。

我們都清楚約定的重要性，無法兌現的，就不要給予希望。

可是我相信了，在他的沉默底下情願相信他是會一直在我身邊的，就算清楚自己的下場可能重蹈覆轍，這份希望我給了自己，然後擅自加諸在他身上。

因為我害怕，害怕一個人……真的怕了，我不願意和以前一樣孤獨，不願意嘗到了友誼的滋味後再次吞下寂寞的苦水。

我感謝他的沉默，感謝他沒有說謊。說實話比說謊話還要簡單，一了百了，不必擔心後續，有一個謊言就要再補上千百個、億萬個謊言，就像一帖治標不治本的藥，副作用強又會給身體帶來負擔。誠實雖然一開始給人不小的衝擊，卻能對症下藥，一勞永逸。

不過，他也沒有說實話。沉默大概就是不敢正面回應的答案吧，給不了我希望，也不想要讓我絕望，他在兩者之中繼續讓我徬徨著。

「可是詩彥，你知道嗎？我不要你的小心翼翼，寧願你給我死個痛快。」

有些人在知道了我的個性之後，都會顧慮我的心情而選擇委婉的表達，但我情願他們直白一點，就算不經大腦也沒關係，因為婉轉也是虛偽的一種，話語之中有所隱瞞、隱含、試探與嘲諷，指桑罵槐是一種，口蜜腹劍是一種，優柔寡斷也是一種。

心直口快讓人更舒服一點，喜好分明，一切想法意見都攤在陽光底下，我不用猜，也不用害怕有人在背後作怪，多好。

「你是哪一種呢？對我，你退縮了嗎？」我不需要保護，我只需要陪伴而已啊。

啊，是我吧？「畏畏縮縮的人，是我才對啊……」

今天沒有大隊接力練習，我沒有等其他人，收完了書包就往校門外走，單純的想要一個人靜一靜，想要好好的理清楚所有狀況，可是不管怎麼想，我不知道的太多了，所有的事情都發生得太突然。

到底是什麼讓我們變成這個樣子？

「我說過了……」億賢突然出現在我身邊，語氣平靜。「既然不是普通的存在，就不要離那個中心太近。」

我停下腳步，轉頭看向他，眼角餘光還瞄到了朝著我們的方向奔跑而來的于佳。

「趁自己還沒有受到很大的傷害，快點離開吧。」他繼續說著。「但是我知道跟妳說這些，做起來不容易，我自己也做不到。」

「你還是沒有跟于佳說嗎？」我看著漸漸接近的于佳，壓低了音量。

「沒有，但她不是笨蛋，詩彥也不是。」億賢有著與我不同的信心，他在用他的節奏去得到他想要的，或者說是盡他所能去陪伴他覺得重要的人。「何況詩彥也在努力。」

努力什麼？

我想起詩彥在頂樓對我說過的話，他說他會想辦法保護我。「所以呢？」

「如果妳當初聽我的話，至少現在走在這條路上的，還會有詩彥。」億賢說完，向氣喘吁吁的于佳揮了揮手，取笑道：「于佳妳跑得太慢了啊！」

很快的，于佳抬手就往他頭上劈。「對啦！我頭腦簡單，四肢也生鏽了啦！」

「會吱吱吱的發出聲音嗎？腦袋？還是關節的部分？」

「你還想被我打是嗎？」

「不要，就算是生鏽了還是會痛……呃啊！」

我終於懂了億賢的話，甚至開始後悔縱容自己的感情，用自以為勇敢的方式去靠近詩彥，就像億賢說過的，身處暴風圈中心將會面臨極大的危險，受傷的不會只有我，還有在我身邊的、我所重視的、我……愛的人。

最後，我渴望的幸福，變成囚禁自己的枷鎖。這是貪心的報應，活該。

但是詩彥呢？他值得被犧牲嗎？

回到家，我打開即時通想要找詩彥談些什麼，可是當打開了對話框卻什麼都打不出來。我該跟他談什麼？談事情的解決方式？還是我自己的感情？但是講了之後，造成他的麻煩怎麼辦？

有可能，他只是把我當朋友啊。

我發現我賭不起那二分之一中的另一個可能。

於是我打開無名小站，想暫時逃避那個紊亂的思緒。然而，那個不明的帳號又來留言了，在最新章節的底下——

友情像兩人三腳，默契需要培養。前進的過程中總會踩腳、跌倒，久了、熟悉了，不管多遠都能扶持著走下去，但只要一個人混亂了腳步，想照自己的步調時，會牽連另外一個人也跟著跌倒。不過就算跌倒了，在乎的是能不能再站起來，再拉緊繩子，再搭上彼此的肩。即使放棄等待，可是我還是會想像著有一天可以跟那位誤闖者見面，所以妳也加油！

友情像兩人三腳……這個理論好像在哪裡聽過。不過她說的也有道理，跌倒了還可以再站起來，零亂的步調經過調整還能再度一致，可是方法呢？方法總是要自己找的，目前看來，還沒有頭緒。

看著這位讀者的留言，我想起了子惟，他也一樣有著想見的人，雖然找不到、雖然忘記了大部分的線索，可是他還在等待著。我呢？我可以為了詩彥做些什麼？一直以來都是詩彥顧慮著我、替我著想、陪著我，我也想替他做些什麼，卻狼狽的發現我什麼忙都幫不上。

開了即時通，我看見詩彥亮了的大頭貼，毫不猶豫的點開。

「為什麼把書還給我？」

許久，沒有回應。

我知道等他看到需要時間，所以暫時離開電腦，從書包拿出他今天還我的小說，翻了翻，才發現其中一頁夾著書籤，那書籤看起來是手工做的，粉彩紙上小巧精緻的壓花，護貝起來，上面有短短的一行字：「Enjoy every moment in your life.」

享受你生活中的每一刻。

享受生活，除了喜樂、歡愉，還包括憤怒、悲傷、痛苦、酸澀、苦悶嗎？當痛苦的時刻來臨時，還能繼續享受嗎？或許這正是人生活在是上的樂趣吧，只有活著才能快樂，只有活著才能悲傷，悲傷也是活著的權力，但是享受之前，得先駕馭得住那些迎面而來的關卡，不是嗎？

我這短短十六年的生命，能負荷多少呢？

電腦螢幕的閃動吸引了我的注意力，對話框跳了出來——

「從明天開始，我們不再是朋友。」

終於，形同陌路。

有一種被狠狠抽了一記耳光，強行拉回現實的感覺。

不久前才說要想辦法保護我的人，現在是怎麼了？不久前還能溫柔對待我的人，現在的冷言冷語是怎麼了？如果要這樣對我的話，一開始就不要靠近我不就好了？

不對，是我……都是我害的。

關了電腦，書也掉在地上，我沒力氣去撿，也沒有心情去撿，只是呆呆的坐著，暗下來的電腦螢幕亮了我惴惴不安的臉龐，腦海裡迴轉了好幾次與詩彥相處的每個片段，就是找不到決裂的原因。我連追問的機會也沒有，他回覆了我之後立刻下線，當面問的話……他會用什麼表情、什麼語氣對我說話？我該不該跟他保持距離，或者我應該直接道歉？

為什麼道歉？道歉之後呢？我們可以重修舊好嗎？除了朋友之外，我們還能是什麼關係？

不行，太亂了，我根本沒辦法思考。

果然，還是因為被同學們誤會的事情嗎？即使相信不是我寫的留言，還是會被輿論中傷的啊，詩彥也是人，怎麼可能一直擋在我前面呢？

都是我的錯，我當初應該繼續活在自己的牢籠裡，應該築起更多圍牆，不應該打開自己世界的門，不應該給任何人通往內心的鑰匙，不應該去享受不屬於我的陽光，不應該貪圖不屬於我的溫暖，這樣任何人都傷害不了我，我也不會傷害到任何人。

我終於懂了，過去那些所謂的朋友，從我身邊離去不是沒有理由，而是在我身邊只會被傷害而已。他們的傷到底有多重？我竟不曾關心，只在乎自己。

太可笑了。

當我真正意識到自己的感情時，他卻離我而去了。

「所以啊，太貪心了呢……」

「什麼東西太貪心了？」媽媽站在房門口，笑得春風得意，貌似有什麼開心的事。

「媽，怎麼了？」

「鏘鏘！」她從身後拿出一只盒子，興奮的在我眼前晃了晃。「對不起啊，有點晚了，我們女兒都高中了，應該要有一支手機才行啊！」

「怎麼這麼突然？」我接過盒子，是最新流行的滑蓋音樂手機。「其實我不用也沒關係的。」

「不行啦，這樣妳出門的時候，我跟妳爸才聯絡得到妳，也比較放心。」媽媽壓低了音量，繼續說道：「再說了，妳總有不想被我們接到的電話吧？」

當下，我突然不知道該說些什麼。「媽，謝謝。」

媽媽拍了拍我的肩，走出房間時替我關上了房門。

終於有了手機，可是需要記下的號碼能有多少呢？我幾乎可以預想這支手機不會有來電的一天。

網路與隨身通訊或許拉近了人際距離，卻擴大了空虛，放大了寂寞。

即使到了學校之後，于佳他們很熱情的幫我加了幾個同學的聯絡方式，心裡依舊不踏實，空落落的。

「吶，這樣以後找妳就好找多了，」亞如將手機還給我。「要接電話喔！」

老實說，很多時候我並不希望被找到，包括現在。

翻開電話簿，身邊幾個人的名字瞭然於眼，獨獨沒有詩彥的，我要拿什麼身分跟他要呢？同學？朋友？

我們已經不是朋友了啊。

「各位同學，學校要調查每個人參加社團的情況，現在問卷發下去，五分鐘後收回。」班長一邊宣布一邊將問卷發下。

看著簡易的勾選題，又看著旁邊的同學們毫不猶豫的填寫，這五分鐘於我似乎只能拿來發呆，雖然不參加社團並沒有違反校規，可是我從來沒有回報社團時間的去向，也沒辦法說出口，這張問卷，我除了填上名字之外還能做什麼嗎？

五分鐘很快就過了，問卷開始往前收回，我想也沒想，勾選了「無參加社團活動」之後交出。

班長和副班長在台上清點、檢查著，我的雙手交握在腿上，坐立不安。

「黎子惟、張沛吟、孟曉語、彭詩彥！」班長手上拿著四張問卷，朝著台下喊道：「你們四個沒有參加社團，社團時間去哪裡了？」

一下子，台下議論紛紛，那些有意無意的目光又投射了過來。

「報告，我還沒有決定要參加什麼社團。」子惟舉手，理由說得正正當當，他才剛轉來沒多久，沒有參加社團很正常。

「我在圖書館看書，不信可以問圖書館值班的老師。」擁有全校最高借閱率的沛吟也說道，順手拿出抽屜底下印有校章的兩本小說。

「那……孟曉語、彭詩彥，你們兩個呢？」

「喔——」幾個男同學發出起鬨的聲音，我雙手握拳，指甲都快掐進自己的手心。

「曉語，我常常看妳跟詩彥兩個人在社團時間的時候一起出去，是去哪裡啊？」亞如伸手推了推我的手臂，儘管再怎麼小聲，當全班的注意力都集中在我身上時，她的聲音大概還是傳到了所有人的耳裡。

「喔！約會喔！」

「閉嘴啦！你們幾個！」同學們再次起鬨，立刻被班長壓制了下來。

「孟曉語在音樂教室練鋼琴喔！可是我沒有看到彭詩彥在那裡。」子惟的聲音穿破了我的窘迫，我像個祕密被發現的小孩，本應該感到無措，此時此刻卻只有放鬆與感激。

「為什麼你會知道啊？難道你跟孟曉語在一起喔？」一個同學高聲問道，語氣裡帶著笑意，誰都聽得懂他所謂的「在一起」並不是單純的相處於同一個空間，而是別的。

「隨便晃晃剛好看到的啦！而且一起哪裡不好？孟曉語彈琴很好聽啊！」子惟的聲音聽起來好輕鬆，好像這些都不是問題，答案可以很簡單的給出去一樣，我想他並不是聽不懂那個同學的意思，是故意裝不懂的。「我跟她約好了要找一首曲子合奏，有人想一起嗎？」

「我才沒……」聞言，我轉身想要否定他的話，卻對上詩彥的眼睛——清冷的、淡漠的，瞳孔裡倒映的我，卻是動搖的、失措的。

轉回正面，我放棄否認了，反正不要再把詩彥拖下水，怎樣都好。

「彭詩彥咧？」

「隨便找個安靜的角落睡覺。」

他的聲音比平常還要低沉，聽起來毫無感情，輕輕震動我的耳膜，讓我整個脊柱發冷。

「你是遊民嗎？」班長將剛剛的回答全都記錄下來，冷不防的吐槽。「要睡也在教室裡睡啊。」

我想起每次透過鋼琴倒映看見他躺在課桌上睡著的樣子，或者看書看到倦意上身的樣子，或者帶著笑容看我練琴的樣子……深深吸進一大口氣，再緩緩吐出。

如果我是用心情呼吸的話，大概已經窒息了。

我跟他……終於，形同陌路了嗎？

每一道結痂的傷口，都是一道曾經美好的溫柔。

從那之後，我更加投入於小說的虛擬世界，在那裡我完成現實中無法實現的一切，在那裡沒有解不完的未知，在那裡沒有無限的猜測，全都掌控在我手中。

人生不似小說那樣能刪除掉一些我不喜歡的、不想面對的、令人難受的或多餘的情節，生活沒有那麼輕易能夠逃逸，它只會更困頓。自打出生以來的第一關有意識的困頓，是青春，是現在。我發覺我開始依賴這理想的文字世界，強烈的想要逃脫現實，用想像力堆砌一座屬於自己的世外桃源，在裡面甘心安逸的活著。

久了，就不願意出來了。

也許有一天我會自嘲現在這份困頓，無論於清純、於青春，都不過一個「蠢」字，但在那許久之後，可能更會想念現在的純粹，因為人生再也沒有什麼時候比此時此刻更綠意盎然——用母親的話是這麼說的，大概源於一種名為「歷練」的感慨吧，是一份還不屬於我的、超齡的，聽來的感慨。

以前我看過一部小說的作者在後記裡提到自己取材的過程，為了寫出小學生的天真可愛，還特地跑回母校，只為了看到那長桌中間分線的刀痕，或者牆角立可白畫出的愛情傘，但回去之後只看見了一個個獨立的精美課桌，粉刷漂亮的圍牆和人事境遷的回憶。

我認為即使如此，這種「回顧」本身就是幸福的。但當多年以後的我再度回顧這份過去，會感到幸福嗎？

也許會成為一輩子的禁地，再也不肯剝開傷疤，再也不肯為過去而痛，就像現在的我，不願去揭開過去的傷痕，卻在疤上多劃了一刀。每一道結痂的傷口，都是一道曾經美好的溫柔，每一份溫柔，留在我身上都變成了痛，痛過了，就等著下一次發作的時候。

「唔……」我緩緩睜開眼睛，陽光藏在窗簾之後等著微風吹起時鑽進我的房裡，肩頸與手臂的痠麻提醒著我一整晚趴睡在這裡。電腦螢幕的保護程式在眼前閃動——原來我熬夜寫小說寫到睡著了。

「哈啾！」我摀住鼻子，禁不住打了個冷顫，腦袋昏昏沉沉的，打不起精神。

依稀想起體育股長千叮萬囑，今天是大隊接力比賽，我還是準備好一切，出了門。外頭的陽光比想像中更強烈，可以預見今天會是一個晴空萬里的天氣，幾小時後的炎熱可想而知，但我還是拉緊了外套，早晨的風並沒有受暖陽的影響，依舊刺冷。

到校的時間比平常還要晚了一些，我沒有去在意，像往常一樣的往教室漫步而去，只是與平常不同的，是擦身而過的幾個同班同學遇見我時刻意避開。

「聽說他們都是在音樂教室……」

「小聲點。」

我皺了皺眉，感到不對勁卻沒有頭緒，直到靠近教室。

「孟曉語真的很髒耶，誰都要碰一下。」

「那這樣彭詩彥不是在說謊嗎？」

「誰知道是不是孟曉語勾引他過去的啊？」

「噓……孟曉語來了啦。」

「管她的，我就是要說！」

我站在門口，眼睜睜的看著那位女同學大步走向我，聽見她尖銳的聲線：「不要臉！」

她用肩膀狠狠地撞我，然後離開教室，我不明所以的走近人群聚集的公布欄，路在我面前很自然的讓了出來，我成為焦點，每雙眼睛眨巴著不懷好意的鎂光燈，但這不是星光大道，是揶揄大道。

公布欄上貼滿了我和詩彥在音樂教室裡，還有子惟那天恰好找到我時的照片，大部分都是跟詩彥在一起的，有我們並肩坐著、挨著肩膀靠著、他替我圍上圍巾、我替睡著的他蓋上外套，甚至有我盯著他睡顏的照片，儘管沒有什麼過度親密的舉動，單獨在一個空間相處還是造成了流言蜚語。

「他們果然還是在一起的吧？」

「那黎子惟是怎麼回事？」

「幼稚死了，別人的私事干你們屁事啊？」一聲怒吼劃破了同學們的議論，也驚醒了我的錯愕，我回頭，只見于佳和億賢上前，快速的將所有的照片撕下、撕毀、丟棄。

在他們身後，是一臉不悅的詩彥。

「哇，大騙子你來學校了喔？」幾個男同學嬉笑著經過詩彥身旁。「還說你只是找個角落睡覺，原來是找到了溫柔鄉啊？」

「孟曉語的滋味如何啊？」他們猥褻的言語纏繞在詩彥身邊，也纏繞在我的耳邊。

他狠瞪了他們一眼，逕自回到座位上。

「不是吧，你真的喜歡孟曉語喔？她還有跟黎子惟在一起耶。」不管身為當事人的我是否在場，他們並不打算停止他們所謂的「玩笑」。

「是又怎麼樣，不是又怎麼樣？反正現在都不是事實了，還有繼續說下去的必要嗎？」詩彥拿著雜記本走到台前，冷冷的回了幾句話後，走出教室。

「不要在意他們的話，妳就當作是有蟲在飛就好了。」于佳拍了拍我的肩，那力道重得像是在提醒我振作的必要。「至少我們是相信你們的。」

她笑著，指了指身旁的億賢，後者也朝我抿出安慰的笑容，卻隨即嘆了口氣。

「但是那傢伙……」他看著剛才詩彥出去的那個門口。「我也搞不懂他到底怎麼了。」

我說不出半句話，反正一夕之間，我跟詩彥就這樣分開了，連友誼都稱不上，我也沒有勇氣去問個明白，不，多半是害怕聽到更傷害自己的話吧，所以我沒有問。

有可能根本沒有理由，因為討厭一個人，有時候是不需要理由的。

回到座位上，我拿出雜記本，突然想起以前都是詩彥幫我交的，不禁笑了起來，笑自己的念舊，笑自己還留戀著跟他的關係、回憶，還有跟他相關的一切。

「如果妳有空的話，陪我把這些作業本拿到老師辦公室。」沛吟抱著一大疊習作走到我身邊，小小的身軀看起來有些吃力。

我點點頭，替她分擔了一些。

「我覺得這是個契機。」走廊上，她說道。

「什麼意思？」

進入無人的辦公室，只有我們兩個人的聲音。「讓妳真正看清一個人真面目的契機，正確來說是看清人性的契機，人情冷暖就是在這種時候才能感受到的。」

沛吟說的是要把這樣的事件當作人生的經驗，我懂。「所以妳現在帶給了我溫暖，謝謝。」

「不要笑得那麼難看，難過的時候不要強迫自己笑。」她伸手捏住我的雙頰，一派嚴肅的說道。

為什麼妳總是在悲傷的表情之後笑？那樣笑一點都不好看。

類似的話，詩彥也說過。

「妳從哪裡學來的話啊？這麼有道理。」子惟出現在辦公室門口，還背著書包，口氣中帶著笑意，臉上卻一點笑容都沒有。

「你終於來了，剛剛你錯過了英雄救美的機會。」沛吟有些惡意的戳了戳子惟的胸口。「要是你在的話，曉語的情況就不會那麼糟。」

「我是沒有錯過，只是我覺得那個時候開口不恰當而已。」他拍了拍我的肩膀。「如果那時候我開口了，無疑是在曉語的心裡多炸了一顆炸彈，那裡已經面目全非了。」

我低下頭，眼前的習作越來越模糊。

「哭吧……哭過了，就不准再哭了，不好的事情只值得妳哭一次的。」沛吟用她小小的手掌安撫著我。

「妳到底從哪裡學來這些話的？聽起來好耳熟。」子惟似笑非笑的開口。

「我聽別人講的，不行嗎？」沛吟反駁著，就像他們每一次在操場上鬥嘴一樣。

聽他們的對話，我笑了出來，心情好多了，扯起袖子擦掉臉上的淚痕。「你們還讓人怎麼哭啊？」

「就是不要妳哭的意思。」子惟用手指彈了下我的額頭，很痛，卻讓人精神一振。「走啦，要上課了。」

我深深呼吸，調整好心情，跟著他們往教室走回去。

「可不可以不要再拿這件事出來說了？」當我們靠近教室的時候，詩彥的聲音傳了出來，聽起來有些煩躁。「我就只是看她一個人從鄉下來念書很可憐而已。」

我知道，他在說我。原來如此啊，只是看我可憐……

「這個彭詩彥！」子惟說著就握緊拳頭要衝進去，我立刻拉住他。

「子惟！」我搖搖頭。「沒關係的……」

我沒關係的，反正都已經習慣了，習慣被遺棄在孤單的海洋中載浮載沉，詩彥拋下了救生圈，卻割斷了繩索，我還是在海上漂流，只不過死得比較晚而已。

只此，而已。

從你的世界退出。

操場上熱鬧了起來，司令台上的體育老師正用擴音器炒熱比賽氣氛，場邊加油聲震耳欲聾，熾熱陽光底下每個人揮灑汗水，為了一個共同的目標競爭。

我束起馬尾，和隊員們一起在跑道邊熱身，試著去忽略先前整間教室帶給我的負面影響，取而代之的是昏眩的精神和總是發冷的身體。

大隊接力賽在即，我清楚這是十分需要團結力量的運動，所以對於同學有意無意的保持距離，盡可能的不放在心上。

「曉語，妳臉色看起來很糟，還可以嗎？要不要換候補？」溫柔的聲音帶著關心一起降落在我肩上，是班花白湘菱，她甜美的面容含著絲絲擔心。

我回了個笑容給她，不著痕跡的躲開她的手。「沒關係，我還可以。」

也許下意識地不願有人碰到我，像其他同學說的：我很髒。

「那……一起加油吧。」她的聲音聽起來很尷尬，大概是發覺了我的閃避。

我點點頭當作應允。說實話，很慶幸有人不去盲從輿論，但我寧願躲開也不願他們的好心在別人眼裡成了可笑的憐憫。

尤其對這種人氣很高的同學。

輪到我們班上場，我在場邊預備著，與炙熱太陽不同的，眼前間歇性的發黑，腦子混混沌沌，打不起精神。站上跑道時，呼吸開始困難，我大力的換氣，試圖放慢呼吸的速度，讓意志力堅強起來，接到棒子後全力向前奔跑，儘管不是自己最佳的狀態，我還是盯著前頭下一棒的隊友，只想著要完成交棒，而在棒子交出的那一刻，我緩衝到場邊，如釋重負地癱軟在地——

再度清醒，眼前的潔白讓我連接不上上一次睜眼時的記憶，身子沉沉地陷在被窩裡，像被蜘蛛網捕捉住的昆蟲，動彈不得。

這裡是保健室，在我醒來後一會兒，我認出了這個地方。

「看不出來耶，你急救處理做得還不錯！」

「以前有個朋友常常昏倒，所以我看著大人們做的多少學了一點。」

床邊，是沛吟和子惟的聲音，看來他們還沒發現我醒了。

「我看你衝回來的速度比跑到終點的速度還快。」沛吟笑著。

「人命關天啊！」子惟說得理所當然。「我看妳也很快啊，只差力氣不夠抱起曉語而已。」

「嗯……我算是滿清楚昏倒的危險性。」沛吟抬手替我拉平了棉被，正好跟她對上了眼：「曉語！還好嗎？醒了為什麼不叫我們一聲啊？」

「還有哪裡不舒服？」子惟也靠了過來。「發燒了為什麼還下場跑？」

發燒？我抬手撫著額頭，只覺得冷，不覺得熱。

「妳昏倒了，知道嗎？」沛吟將我的手放回棉被裡。

我搖搖頭，我只知道很不舒服而已。不甘願一直躺著，我坐了起來。「比賽呢？」

「贏了！」子惟朝我豎起大拇指。「因為妳也很努力的保持領先啊！」

贏了……我關心的不是成果，而是過程中，我的自私是否影響到其他人的努力，但幸好，一切安然。

如果有下次，我大概不會再逞強下場，這是自私，只想靠自己的自私，只想以不脫隊來說服自己還是班上一份子的自私。原來，我早已不願回到習慣孤單的自己，所以不顧一切的想證明自己的存在，並非點名表上其中一個名字而已。但這種「存在」有意義嗎？

我看著自己所身處的空間，突然覺得好可悲，人想要屬於一個群體，需要付出這麼大的代價。

午休鐘響，子惟和沛吟說要先回教室，放學後會幫我拿來書包，不等我應允便離開了，視線跟著到門口，正好看見一個躲在門後，熟悉的背影。

我幾乎可以確定是他，只是他沒有進來，我也沒有喚他。

哎，詩彥，如果我做錯了什麼，我道歉的話，我們還可以是朋友嗎？如果是我們之間有什麼誤會，不能攤出來好好談嗎？為什麼要說那種話？你真的只是看我可憐嗎？

我有好多問題想要問，心裡卻深知再也沒有機會問了，即使現在他來到我面前。

「還好嘛，看起來沒事啊！」他雙手插在運動褲口袋裡，一派輕鬆，一臉無所謂。

我抿緊了雙唇，壓抑著內心的翻騰，佯作對他的到來毫無反應，就像以前面對那些拋棄了我的「朋友們」一樣，只是我越努力想平靜，心裡的浮動就越難以控制，只好揉皺了薄薄的床單，在棉被的遮掩下，緊緊揪住疼痛不堪的心，我幾乎可以聽見那些碎裂的聲音。

「沒事就好……」一隻溫暖的大手正要撫上我的頭，像他習慣的那樣，我別過臉，一反往常的在他面前任性。

「不要碰我。」我看向窗外那與我心情相反的晴陽。「我很髒。」會弄髒你的，所以不要碰我，不要在冷漠與尖酸刻薄之後給我溫柔。

「我只是……」

「看我可憐而已。」我內心很清楚，我並不是想故意用他說過的話刺激他，只是想告誡自己，這就是他靠近我的理由、真相。

他深深吸氣，再緩緩吐出。「知道得很清楚啊。以後別再發生這種事了，免得跟我扯上關係。」語畢，他走了，我笑了。心裡悶得爽快，爽得只得笑出來。

太天真了，我居然有那麼一瞬間以為還有轉圜的餘地。

酸澀由舌尖緩緩在味蕾散開，那既熟悉又陌生的清鹹使我頓時醒悟過來。

原來，喜歡也不過如此……想像以上的，不過如此。

甜的，在心裡；酸的，在心裡；苦的，在心裡；傷的，在心裡；痛的，也在心裡。外表一點事都沒有，不會有人發現那些新的或舊的傷口，像長袖底下纏著的繃帶，帽子底下未洗而油膩的髮絲。

從今以後，哭不出來就不要哭，笑不出來就不要笑，沒有表情就不會被同情，我也不希望得到同情，就像沛吟說的一樣，難過的事只值得哭一次。

也許心裡是承認的，但嘴上，我絕對不承認自己喜歡過。

這樣就不會跟他有所瓜葛，不會牽連他，他也不會為難。多好？

沒等到放學，我緩和了情緒之後便回到教室。那裡一團糟，彷彿經過了什麼風暴，吹散了桌椅，同學們推移之中書桌與地面摩擦出的尖銳聲響刺耳。我走回原來的位子，白湘菱卻在那裡收拾著，她轉頭見到我，伸手指向右邊的位子：「老師說要換位子，妳被換來這裡了喔！」

我看向那組早已安頓好的桌椅，與安坐在其上的書包，整個人像是夢遊仙境之後的愛麗絲，回到現實後發現世界全變了樣似的呆站在原地。

第四排，第五個，原本亞如的位子；而亞如，搬到第六排第四個，詩彥在她身後，也就是我左邊的左邊的位子，在他之後是于佳，一如她說過與詩彥的「孽緣」。億賢如願以償地坐在于佳的旁邊，他在我的左後方，朝著我打了個招呼，旋即換上一張擔憂的表情。

我抿起笑容給他，接著不再看那個方向。

「妳怎麼回來了？」沛吟剛把自己的桌椅搬到我右邊，看到我時嚇了一跳。「還在發燒不是嗎？」

我搖搖頭。「沒事了，剩最後一堂課而已，躺在那裡也沒有用。」

「那下了課，我們陪妳回去。」子惟搬好了自己的書桌，在沛吟的後面。他一邊對齊地上的線，一邊說道。「啊，要先帶妳去看病才行。」

「不用了，我……」我剛要拒絕，就對上沛吟的眼。「好吧，謝謝。」

那眼底流露出的是帶有命令、不可反抗的旨意，彷彿在說：不要推卻別人的好意。

於是我臣服了。

教室在鐘響後恢復寧靜，我悄悄看了眼隔了一個座位的詩彥，就算只能在他周圍徹底沉默，心底是多麼渴望繼續待在離他最近的地方，可現實不允許我這麼做，我只能從他的世界裡、圈子裡退出。

遠遠的，退出。

有時候，得相信一切都有盡頭。

換了座位之後，我很努力的去適應旁邊的「新同學」，對我來說，現在坐在這個地方也許比以前幸運得多，至少，他們都不會用有色眼鏡看我，先不說子惟和沛吟，右前方的高宜婷雖然是透過沛吟才熟起來的，但大概就是因為我們都身為沛吟眼中的「可交流對象」，宜婷跟我也很聊得來，算是親切感很強的人；再來總是跟她拌嘴的洪利，就像他的綽號「紅利」一樣，是個很愛錢又有點愛佔別人便宜的男孩，鼻子會過敏，一天總要耗掉一整包衛生紙，當然還包括了他早上總有去廁所「大號」一下的分量，他跟宜婷的相處模式有點類似子惟和沛吟，但不同的是，他們不會互相比較，單純為了損對方而鬥嘴而已；坐我前面的林欣諾，是個大方又漂亮的女孩，就算穿著一樣的制服，在她身上就是能夠散發出公主的氣質，但她沒有公主病，對別人很寬容，對自己卻要求很高，她很有自信、很能鼓勵人，但也很情緒化，尤其是當她知道我在連載小說的時候，更是每每更新就立刻去看，然後隔天早上會哭著告訴我，女主角好可憐之類的話。

可即使我的生活圈子多了這些人，還是會忍不住轉頭去看看詩彥。午睡的時候隔著長長的瀏海、隔著一個座位的距離偷偷的看他——看他夾在白湘菱或者亞如之間笑得開心，看他依舊在于佳的拳頭底下苟延殘喘，看他如何在被揍的時候拖億賢下水。說到于佳和億賢，我跟他們的關係沒有變，就算我躲著詩彥，還是能跟他們聊在一起，只是當詩彥靠近的時候，我總是本能的離開，遠遠的。

億賢總是用擔憂的眼神看著我，我總是笑他杞人憂天，就算留戀，也只是現在、暫時的。

「倒是你，什麼時候告訴于佳啊？」在一次體育課休息時，我問他。

「你知道嗎？詩彥參加游泳社了。」他答非所問，拿起礦泉水，看著裡面的水透著光。

「很好啊，聽說他在混合接力的時候擔任最後一棒奪標，還破記錄了。」我笑了起來，看著球場上廝殺的詩彥。

「我已經告白了，但是我還在等于佳的答案。」現在，他才回答我的問題。「因為看妳跟詩彥這樣，讓我覺得鼓起勇氣或許是最好的一條路。」

對啊，如果鼓起勇氣的話，也許就不是現在這種結果了。

「妳都不會想要再試試看嗎？」

「試什麼？」

「告白。」

有時候，我也想認真思考這個問題，但更多時候，人還真的得相信一切都有盡頭，因為很多事情都有時候，沒有什麼永垂不朽，包括我渴望的友情，甚至我因為貪心而錯過的愛情。所以有時候，甘願的放下也放手，等到時間過去，等到我已經能夠把一切都看透，也許那個時候才會有眼淚在流，我才會真正的看清自己的心。

「嗯，會想的，」我沒有避開億賢注視，輕輕笑了。「可是不是現在。」

大概在以後，很久以後。

我不再去音樂教室練琴，沛吟拉著我去圖書館看書，偶爾一起複習功課，子惟也會鬧著說要一起，所以社團時間總有我們三個「吵鬧」地坐在的圖書館角落。

我也會用那段時間來寫小說，抱著專門寫連載小說的草稿本，幾乎不離身，把它看得比課本習作還重要。

「那是什麼？」沛吟從書裡探頭過來，好奇的問。

「小說草稿。」

「借我。」說著，她把筆記本拿了過去，一臉激動的翻看著，那種感覺就像是看到喜歡的電影預告片。

我知道她很愛看小說，但不知道她也會對這種凌亂的雛形感興趣。「寫得很亂耶，不太好看吧？」

「嗯，但是有種片花搶先看的感覺。」

「啊？」有時候我真的跟不上她思考的速度。

她把筆記本遞還給我，從她的書袋裡拿出一包手作餅乾。「閱讀費，請笑納。」

「閱讀費？那是什麼？」出聲的不是我，而是跟我一樣被她搞得一頭霧水的子惟。

「不干你的事。」沛吟瞪了他一眼，然後直接把餅乾塞進我手裡。「笑著接受就對了，笑納、笑納！」

「喔，笑納。」我是笑了，被她逗笑的。

「喂，我沒有嗎？」子惟戳了戳沛吟的手臂，表情無辜得像是要糖吃的小孩，雖然他的確是。

沛吟好笑的看著他。「我只有一包，你也寫小說讓我看看，我明天就給你一包。」

「哼，誰稀罕！」子惟退回他的位子，立起桌上的書，躲在書的後面，賭氣。

我看著這樣孩子氣的他，想起他曾經在公園裡、機場裡失落的表情。「哎，子惟。」

「怎樣？就算是曉語妳要給我餅乾，我也不要了。」他探頭出來，又縮了回去。

「你還有去找人嗎？」我問。「那個你小時候的玩伴。」

他拿下書，笑容果然從他臉上斂去。「暫時還找不到新的線索，我真的在想要不要放棄了。」

如果可以等到他，該有多好。

我突然想起很久以前，我好像曾經回過這麼一則留言，關於一個放棄等待的女孩。「子惟！」

「什麼事？」

我把留言的事情告訴他，他一臉激動。「所以呢？妳知道那個留言的人是誰嗎？」

「不知道啊，因為她是匿名的。」

「可以給我看看那則留言嗎？」他拉著我，就要走向圖書館的電腦。

「欸你們……」沛吟出聲叫住我們。「難道忘記這裡的電腦只能上學校網站嗎？」

「啊，我都忘了。」子惟恍然大悟，笑著坐回位子。

「那個留言對你來說有這麼重要喔？」沛吟看著子惟，問道。

沛吟很少對子惟的事情感興趣，當然除了比賽跑步這一點之外。但現在的她，眼底裡流露著一種懷疑、探究，或者……猜測？

我讀不懂。

「嗯，因為對我來說，現在任何線索，就算是蛛絲馬跡都有可能找到她。」子惟向後靠在椅背上，雙眼盯著天花板上旋轉著的電風扇。

說著要放棄，可是有一點訊息就重新積極的子惟，一定沒有真的想過要放棄尋找。我看著這樣的他，想著自己，竟覺得有些慚愧，慚愧自己學會堅持之前，先學會放棄了。

但是放棄，也得堅持著「放棄」之後的路才行。

我總是給自己找退路、找藉口，找一個能夠說服自己軟弱的說法，直到……

「各位同學，音樂老師要我們兩個人一組，開始準備音樂期中考囉！組員自己找，找好了來跟我填表。」身為音樂小老師的白湘菱在台上宣布道。

話一結束，同學們都忙著找同伴，我坐在原位，忍不住又看向詩彥。如果我們現在還是朋友的話，一定可以一組的吧？

想起我彈琴他唱歌的日子，我深深呼吸，邊在心裡嘲笑自己，邊移開目光。

「曉語！」

「嗯？」

子惟來到我旁邊，拍了拍我。「我們一組吧！」

「詩彥！我們兩個一組好不好？」

左邊的位子傳來一個清朗的聲音，我看見白湘菱的笑容，還有詩彥輕輕的點頭。

「曉語？」子惟伸手在我眼前揮了揮，我的注意力才回到他身上。

「喔，好、好啊！」

我才知道回憶其實是一件令人窒息的事情，即使早就說服自己它已事過境遷，我甚至以為我已經可以坦然面對，但那種難受再被拿出來說的時候，還是很痛。

愛情，緩緩飄落。

I don’t know you but I want you
All the more for that
Words fall through me and always fool me
And I can’t react

《Falling Slowly》，雖然其實是子惟選的，但我也沒有反對，只因歌詞使我感同身受，「所謂的言語就這樣穿過我、愚弄我，而我無法反抗」。

的確，對於外人的言語，我都無從反抗，任他們愚弄、貫穿，像戰場上前線的小兵那樣萬箭穿心。

我彈琴、子惟彈吉他，他主唱、我合音，看似完美的分配與組合，我卻總是在練習的時候頻頻出錯。

「對不起喔，」再度停在第二次副歌的部分，不是我彈錯、也不是我唱錯，而是我分神了沒有配合到。「真的對不起。」

午休的音樂教室裡，我帶著歉意看向他，他卻只是笑。

「沒關係，我們從前面一點再一次。」

這首歌總是讓我想到詩彥的歌聲，他渾厚而優柔的聲音在我腦子裡，揮之不去。

「這裡停一下！」看似順暢的練習突然被子惟喊停。「曉語，妳要不要試著獨唱這一段？」

我看著樂譜上他手指的地方——

You have suffered enough and warred with yourself

It's time that you won

（你已經嚐夠了這些自我矛盾的苦痛，你應該贏得這場戰役了）

那裡本是男聲獨唱的地方，子惟卻要我一個人唱，實在是不知道他在想什麼。

「因為這就是妳啊，未來的妳。」大概是收到我納悶的眼神，他的語氣充滿笑意，卻不是開玩笑，唇線帶著溫柔飛揚。

未來的我，也能贏得這場自我矛盾的戰役嗎？

其實我很羨慕子惟，他能瀟灑地去尋找他遺失的，或者是說曾經失去的東西，我卻沒有他那種勇氣。

「子惟，為什麼你這麼執著於找到那個人？」這問題有點蠢，因為這件事對他來說很重要，執著於重要的事情是多麼自然的態度，但十年了，對方的模樣是那麼模糊，他卻依然尋找著。

到底有多重要才能這樣？

子惟似乎對我的提問感到突兀，他頓了頓，說道：「因為心裡有缺憾吧，為了補足那一塊，所以執著。」

「我不知道確切怎麼說，」他隨意的撥幾下琴弦，繼續說道：「就像看到一把缺弦的吉他，我會很想幫它上弦一樣，如果不這麼做，它就永遠不完整。」

如果沒有找到的話，心就不會完整，缺憾永遠在那裡。

「就算找不到，我也為這件事努力過了，也許那時候會有另外的事物去填滿那一塊，至少那是我努力過的樣子。」他笑得淡然，大概這段時間裡他也不斷想過這些假設。

「你跟她，是愛情嗎？」我問。我知道這個問題太過直接，但執著若只是因為想補足缺憾的話，似乎不具說服力。

子惟笑開了，彷彿我說了個笑話。「你覺得七歲、八歲的孩子懂愛情嗎？」

也是。

「我跟她，更像是失散多年的親人吧。」子惟說得雲淡風輕，但這份淡然也花了十年才辦到。

我呢？我的執著要花多久才能淡去？

「遇見妳的那天，妳在等的人是彭詩彥。」他再次出聲，用的是肯定句。

我驚訝的看著他，他伸手輕推了下我的額頭。「妳可以的，『遇見』不是自己可以控制的，但『離別』卻是能夠選擇的，『遺忘』和『記得』也是。」

他說的有道理，但更多時候，那種選擇權並不在我身上。

我再次看向他要我唱的那段歌詞。

「子惟，你贏了嗎？」我終於知道他要我唱的目的了，可是……「你相信我可以贏嗎？我沒有信心啊！」

他放下吉他，走到我身邊，拉起我擺在琴鍵上的手，雙眼緊閉，帶著笑容，最後睜開眼。「我把我的信心給妳，這樣有信心了嗎？」

他的手好溫暖。

我深深呼吸，努力讓腦袋平靜下來，心無旁騖才是我現在該做的事情。之後的練習很順利，大概是產生了信心的關係，讓我感覺自己也許可以贏得這場戰役，現在的痛苦都只是暫時的，等我淡忘了、等我不再執著了，就是我贏的時候了。

首先，就要戰勝自己，試著打開心房！

老實說，詩彥的決絕給我的打擊很大，讓我一度想要縮回自己的蝸牛殼裡，可是身邊多了那麼多願意不顧周圍眼光站在我身邊的人，如果我還把自己關在高塔裡，應該很對不起他們吧？

社團時間外頭下了毛毛雨，和沛吟一起走在往圖書館的路上，我把我的決定告訴她，她很高興，說會幫我。她的反應讓我很意外，我以為她只會說聲「加油」，但沒想到她願意陪我一起直到我走出陰霾。

「謝謝妳……沛吟？」我轉頭看向她，卻發現她的目光停在前方不遠處。

圖書館門口，子惟正在替校狗擦乾身上的雨水，制服卻因為校狗的掙扎而濕了一大塊，可是臉上看起來很開心的樣子。

「以前也這樣不顧自己，只為了幫小狗擦乾身體。」沛吟的眼神斂去一些光澤，說話的聲音輕得像風，幾乎要埋沒在這雨絲中。「其實小狗自己會想辦法的，那傢伙到底知不知道？」

「以前？」我好奇的問。

子惟看見我們，笑著揮揮手。「我晚點進去！」

繞過那個跟狗玩得開心的傢伙，我回頭看了看他，越發覺得他是個心地不是普通善良的人。

「曉語，其實我一直都知道妳有在無名寫小說。」走進圖書館，我們來到習慣的位置上，我剛坐下，沛吟就突然說道。「我就是那個匿名留言的讀者，所以我才會相信學校留言版上不是妳寫的。」

「什麼？」她的話讓我錯愕，訊息大量進入我的腦袋，我一下子反應不過來。「沛、沛吟！等一下！」

「那個在等待某個人回來的人就是我，原本我放棄等待了……」她沒有理會我的慌張，繼續說了下去。「可是……」她還站著，雙手垂在腿邊卻揉皺了裙擺。「可是我發現，子惟就是我在等的人。」

答案來得太突然，我震驚的看著她。「這是怎麼回事？妳怎麼知道的？」

「其實很早以前就在懷疑了，上次妳們在討論的時候我就在觀察他，前幾天我在我以前住的地方看見他在那裡。」

「所以確定了？」

她點點頭。

「那、妳有跟子惟說嗎？他找妳找了很久！」我抓住她的手，看著她低著頭而垂下的髮絲後面，那個激動含淚的眼眶。

「還沒，我不知道怎麼跟他說。」

那天，沛吟跟我說了很多他們小時候的事情，那個總是叫她「小不點」的人、那個被自己叫著

「小哥哥」的人、那個她說喊自己「喂」的人、那個很可惡的人……原來就在自己身邊。

那天，直到社團活動結束，子惟都沒有出現。

他們兩人的事情，我沒有插手，因為要不要相認或者保持現狀是他們之間的事，但看子惟對沛吟的態度，想必他也已經知道了。後來我問子惟，找到了沛吟之後，他們之間有沒有什麼變化？他只是告訴我，就好像找到了失散很久的妹妹那樣，他們再次約定好了，以前所有的約定都要一起兌現。

他們就是所謂的曾經，彼此都是心底的一塊寶，卻收藏起來，不再留戀。他們可以很快的給彼此定位，是因為他們相處得太短，分離得太長，久得連對方的樣子都模糊了，只是因為約定讓他們執著自己的回憶，所以他們比起過去，更加珍惜再會。

他們知道，以前的陪伴只是友情，如今的陪伴，亦是。

又過了一陣子，終於迎來了音樂期中考。

我坐在預備區看著台上與白湘菱合唱的詩彥，我以為我的心裡會翻雲覆雨，結果平靜得出人意料，直到我和子惟上台之後，當老師宣布我們的考曲時，我透過鋼琴映面看見了台下的他臉上斂去光彩的表情。

我知道，也許他跟我一樣，想到了那天湖畔，那杯喝到底苦過頭的綠茶，那苦澀，直到我唱完這首歌都還能清楚的回想起來，宛如還在舌尖，慢慢的在味蕾散開。

就算是看我可憐也好。

由於音樂期中考分組的緣故，我又淪為大家玩笑的對象，很多不堪入目的標籤又重新貼在我身上，這次連子惟也被我拖下水，儘管他笑得一臉沒心沒肺，要我別在意，可是我就是會把那些流言蜚語放在心上，我自己被傷害不要緊，我不希望我身邊的人也跟著變成大家玩弄的標的物，那樣比我自己站在漩渦中心還沉重。

「還好嗎？」下課時間，子惟走到我身邊，隔著一步的距離蹲在我面前。「嗯，沒哭，不錯啊。」

「一定要哭嗎？」

「我以為女生遇到這種事情都會哭。」

聽到這話，我不禁笑了出來。「什麼意思啊你！」

「還能笑？」他滿臉意外。「妳會不會太堅強啊？」

我搖搖頭。不知道為什麼，當聽到那些「水性楊花」之類諷刺的話語時，我竟然平靜得像死了的水，優養化到極致的那種。然後開始嘲笑自己的重蹈覆轍，開始說服自己早就習慣了，開始責怪自己放縱了心去依賴身邊的人，去相信任何一個人。

如果這個世界上有一個標準可以辨認好人和壞人，那麼有沒有另外一個標準可以辨認真心對自己好的人？我想是沒有的，每個人心中「好」的定義都不一樣，深度不一樣、長度不一樣、容量也不一樣。

我想我一定中了詛咒，友誼不會長久的詛咒、被人討厭、被人排擠、被人孤立的詛咒，天生沒有討人喜歡的超能力，更沒有解除自己詛咒的法術。

「我可以當妳的魔法教母。」沛吟笑著，將我寫草稿用的筆記本拿起來了看，然後還給我。

「我可以當妳的騎士！」宜婷也附和著。

「那、那我呢？你們很過分耶，都把角色搶走了。」子惟站了起來，表情有些憤然，但大家都知道那是裝的。

「你喔？小矮人怎麼樣？」沛吟毫不考慮地說道。

「妳見過比妳高這麼多的小矮人嗎？」子惟一手抬到沛吟頭頂上比了比，語氣無奈。

沛吟腰斬了他，他吃痛的發出哀嚎。

我看著他，想了一下。「公主怎麼樣？」

他很大方的翻了個白眼。「為什麼不是王子？」

對啊，為什麼不是王子？我笑了笑。「因為我是巫婆啊！」

對，我上輩子一定是巫婆，對太多人下了邪惡的詛咒，所以這輩子得到報應……才怪，我又不相信輪迴、更不相信魔法。

一個人只會擁有一次生命，只會擁有一輩子，是的，短短的、不過數十餘載的一輩子，歲月短暫卻必須嘗盡苦痛悲傷，在高低起伏的旅途中碰撞，直至遍體麟傷。所以現在的難過不算什麼，過一陣子，亦或幾年以後我就會忘記，就像現在的我對過去的種種釋懷了一樣。

釋懷？我真的釋懷了嗎？

我將筆記本收回書包。「我們不要討論這個了，反正我也沒有要寫這個故事。」

童話什麼的，太夢幻了，而且巫婆才不會有教母、騎士和小矮人，那是公主和王子的待遇，我不過是一個喬裝成灰姑娘，去了一趟不屬於自己的華麗舞會，穿錯了玻璃鞋，最後自己吞掉了毒蘋果的壞巫婆，連自艾自憐的資格都沒有。

「那妳無名那裡的小說還寫嗎？」沛吟問。

「嗯，寫啊。」

寫，當然寫，只是我撕掉了幸福快樂的結局，男主角在趕去探望病重的女主角途中遭遇橫禍，一個病死、一個被撞死，而我竟然因為這樣的收尾產生強烈的快感。

即使它狗血氾濫得慘不忍睹。

隨著上課鐘響，嘈雜的教室變得安靜。班長拿著一疊資料走進，站上講台。

「老師來之前我有事情要先處理。」他宏亮的聲音吸引住所有人的視線。「這學期學校有舉辦期末聯歡，每個班都要準備表演，我們是要全班一起表演，還是派代表？」

副班長走上台將選項寫在黑板上。「全班一起的舉手！」

舉手的人寥寥無幾，副班長和班長交換了眼神，班長擺手示意舉手的人放下，目光掃過台下的大家。「所以你們的意思是要派代表囉？」

「派代表比較好啦，全班一起太麻煩了。」一個同學出聲說道。

有些人就是這樣，麻煩事絕對不要攬到自己身上，集體活動少一點、麻煩就少一點，對於團體的事情毫不關心，把自己擺在第一位。

這樣並不自私，而是情有可原也能給予理解並接受的想法。

「那現在開始推薦人選。」班長話一說完，台下便鴉雀無聲。

副班長有些不耐煩的用手上的粉筆敲擊黑板溝，發出不太響亮卻突兀的聲音。「沒人要推薦，那音樂考試最高分的彭詩彥和白湘菱如何？」

語畢，班上的目光紛紛轉向他們身上。我向左邊轉過頭，看到白湘菱有些興奮的笑容，還有詩彥不知所措的表情。

「詩彥，可以嗎？」白湘菱小心翼翼的詢問。

詩彥轉過頭來，我立刻撇開自己的臉，聽見他有點猶豫的應允。

「其他人有要推薦的嗎？」班長再次問向大家，許多人搖搖頭，彷彿這個議題就這樣定了下來。

「班長！」就在班長準備要填寫推薦單的時候，白湘菱舉起手。「只有我們兩個會不會太少？我可以請人幫忙嗎？」

「當然可以啊！」班長笑了笑，同意她的建議。「妳要找誰？」

「孟曉語！」

當聽見我的名字時，我心跳好像漏了一拍，錯愕的看向白湘菱，卻見她指著我。「曉語會彈鋼琴啊，我想請她伴奏。」

班上有些竄動不安的起鬨聲，我抓緊了自己的裙擺，心裡忐忑著，咬了咬下唇。「可以不要嗎？」

「好嘛，曉語妳就答應啦！考試那天妳彈得超好的耶！」白湘菱輕挽我的手臂，以一種動人的粉色央求我擔任伴奏。

與亞如、欣諾的美不同。亞如的美帶著一絲危險性，像帶刺的野玫瑰；欣諾的美閃耀著大方，彷彿盡情綻放的向日葵；而白湘菱散發著打從內在的氣質，宛如將開的花苞，有著曖昧而羞澀的優柔。

「曉語拜託……」她的聲音帶著嬌氣，卻不膩人。

我透過她看向詩彥，看到了一臉與自己無關緊要的冷冽，只得為難的猶豫。

如果答應了，就必須再跟詩彥有所接觸，我承受得住嗎？會不會又害到他？如果我答應了，他會不會不高興？可是心裡這股緩緩爬上來的激動是怎麼一回事？難道我還盼著再靠近他嗎？

「只有鋼琴太單調了，我也加入吧，我可以彈吉他。」子惟的聲音穿破了我的思緒，我回頭看著他，他對我笑著點點頭。「還有洪利！洪利會打鼓，他也可以一起。」

我看著身後的洪利，他聳聳肩，沒有拒絕。

「曉語，一起吧。」白湘菱朝我眨眨眼。

我環顧那些集中在我身上的目光，但再次對上子惟的眼時，我想起他要我贏的戰役，想起他是怎樣給我信心。

「好吧。」我答應了下來，應該說是妥協了，向白湘菱楚楚動人的撒嬌妥協，向想跟詩彥靠近一點的內心自我妥協。

很犯賤，真的。但也許現在的妥協能讓我找到方法贏得這場矛盾的戰役……我這樣替自己找藉口。

表演的人員就這樣定了下來。

下課後，我滿懷不安地趴在桌子上。「沛吟……」

「我覺得這決定不錯啊，或許妳可以藉機找到跟他和平相處的方法。」好似看穿了我一般，她笑著。「而且子惟在，那傢伙不會讓妳受欺負的。」

我嘆了口氣，並沒有因此放鬆。

午休時間，表演人員在音樂教室開會，我故意坐在子惟身邊，離詩彥最遠的位子，卻不幸的是他的對面，最能跟他對到眼的位子。

「我覺得用你們考試的曲子就好啦！」洪利把玩著手上的硬幣，話對著詩彥和白湘菱說。「對唱還是你們兩個，伴奏交給我們三個。」

詩彥和白湘菱考試的曲目是熱門電影《K歌情人》裡的〈Way Back Into Love〉，一首渴望愛情、想要回歸愛情懷抱的曲子，一首孤單的人總有一天會找到愛情的曲子，一首與我相反，最終能找到歸屬的曲子。我原本以為能夠歸屬的人，現在跟另外一個人合唱這首情歌，我只是他們身後的配角，只能看著他們的背影，也許甜蜜、也許愉快。

苦澀，我只能一個人吞。

「有其他異議嗎？」白湘菱問。

我低著頭不想做任何回應，反正什麼曲子都一樣，我都是聚光燈暗處的配角。

「曉語？」

「啊？沒、沒有。」聽見聲音，我抬頭，對上詩彥的眼睛。那個曾經對著我溫柔，如今卻令人心寒的眸子，我宛如被下了定身咒，逃不出他的凝視，也讀不懂他的凝視，腦筋一片空白。

「那就這樣啦，譜的話，洪利會負責找給大家。」會議結束，白湘菱站了起來。

子惟撞了撞我的手臂，我才緩緩看向他。

「喂，妳在冒冷汗……」他悄聲說道。「不舒服嗎？」

我抬手撫向額頭，手指上沾了一些濕黏，輕輕笑了笑。「沒事啦。」

「等一下喔，我找衛生紙給妳。」子惟跑出音樂教室，留我在原地。

其實可以不用的。我到走廊的洗手台邊，打開水龍頭，雙手盛滿了水，往臉上潑去。我不是不舒服，只是有點緊張，在那樣赤裸裸的眼神底下，好像沒辦法靠自己的意志力去閃開那樣的凝視。

我在期待什麼？還期待看到他一貫溫柔的笑容嗎？

雙手撐在洗手台邊，我忍不住嘲笑自己。別傻了，孟曉語。

「拿去。」一隻手出現在我的視線裡，還拿著袖珍包衛生紙。

抬頭，是詩彥。

「連頭髮都濕了，有人像妳這樣洗臉的嗎？」他的聲音好輕、好柔，就在我的耳邊，不是冷冰冰的決絕，眼神彷彿多了些溫度。

我只是看著。

他皺了皺眉，把衛生紙塞在我手裡後掉頭就走。

我看著手上的袖珍包，心裡突然有股衝動。「詩彥！」

他轉過身，滿臉疑問。

「謝謝……」

就算是看我可憐也好，我就是無法不沉溺於這般體貼。

越是想他，寂寞就越是加倍。

期末聯歡的練習進行得很順利。詩彥和白湘菱設計了一些動作和走動路線，讓表演更有可看性；子惟和洪利把伴奏做了一點編修，補足了樂器缺少的部分。我們配合得很好，子惟的編曲能力早在音樂考試前就已經發揮出來，令人意外的是，沒想到洪利除了嗜錢如命之外，對樂器的配置也有一手。

可是，十六歲似乎不是唱情歌的年紀。

愛情太生、太澀，這個數字，太青、太澀。

擁有憧憬並非壞事，但渴望它又是另外一回事，我們也許負荷不了愛情的滋潤，就像這夏天，電風扇吹不去的炎熱與淋漓的汗水。

也或許，我並沒有想像中的那麼喜歡詩彥，但這只是心裡一個小小的假設、小小的自我催眠，我失敗地發現自己的視線依舊緊追著他不放，不管是餘光、是琴面倒映、是偷偷觀望，看他忘情的唱歌，聽我喜歡的溫和嗓音；看他和白湘菱熱絡地談笑，聽他爽朗的笑聲。

沒救了，孟曉語，澈底沒救了。

隨著時間逼近，練習的次數越來越頻繁，午休和放學後都能在校園任何角落看見許多班級練習的身影，音樂教室也變成我們每天固定前往的地方，就像現在，我又站在音樂教室門口，卻不敢推開眼前這扇門。

老實說，我的內心對這個地方還是有些牴觸，每踏進去一次，就免不了浮現曾經的畫面，掉進回憶的陷阱，羨慕那時沉浸在幸福之中的自己，心跳會急迫地逼我想起一切，想回到那個時候，耳邊卻同時響起同學們的譏嘲和他拿溫柔當慈悲的事實。

孟曉語髒女人……

我只是看她可憐……

最後那些我認為的美好都染上汙點、蒙上一層灰，跟著我直直落下，直到谷底，直到痛得無法自拔。

所有的情誼都在我貪心地把那些奢侈的溫柔當作理所當然時摔得粉碎，我才發現沒有所謂的理所當然，那都只是我誤解了別人的惡意，錯當拯救自己脫離寂寞的繩索，可笑地自以為能屬於一個樂園，結果跌落另一個無底深淵。

我甩甩頭，試圖甩掉那些畫面，提起勇氣推開門……

「詩彥，我喜歡你，可以跟我交往嗎？」是白湘菱的聲音。

我呆愣在門口，兩隻耳朵熱辣辣的，像被打了耳光般，腦子裡迴響著剛才從門縫裡流竄出來的話語。

她說……什麼？

我退到欄杆邊，遠離那扇半掩的門，不敢再接近，緊咬著下唇，好像出了聲音或者走近那裡就會有什麼東西碎掉一樣。

「孟曉語？妳站在這裡幹嘛？」洪利邊吹著口哨，邊把玩著一枚十元硬幣，走到我旁邊，一臉不解。

我看向他，突然發現自己的失態。「我、我想起來忘了拿東西……」說完就往樓梯的方向跑去。

白湘菱喜歡詩彥。

這大概是近期最帶給我震驚的消息，像是世界上殺傷力最強的炸彈在我心頭炸開一般，我撫著胸口，心臟急促而強烈的跳動著，我只能聽見那瘋狂躁動的聲音，舌尖的灼燒感讓我張了口卻發不出聲音，只得無力的蹲在牆邊。

我不知道這是什麼感覺，但我清楚知道必須快點冷靜下來。不知過了多久，理智才漸漸甦醒，揉了揉早已痠麻的雙腿，站起身，慢慢走回音樂教室。

推開門，剛才還沒來的子惟也已經到了，他們停下練習，目光紛紛集中在我身上。

「哇，孟曉語妳是去拉屎啊？拿個東西這麼久。」洪利見我，轉著鼓棒，一派輕鬆地說道。

「你以為她是你啊？」子惟嗤笑著用吉他推了推洪利，轉過來看著我的眼神寫滿了憂心。

打開琴蓋，我避開了子惟的注視，也避開了另一雙盯著我的眸子，努力漾出笑容。

「既然曉語來了，我們從頭來一次吧！」白湘菱說道。

聽著她清脆的聲線，我的心又緊緊揪了起來，裝做沒事地調整呼吸。

雖然我背對著他們，但所有一舉一動我都能透過琴面看見，包括白湘菱淺淺的笑意和她與詩彥唱到高潮處牽起的手。

好般配……連我自己看著這樣的美好畫面都會這麼想。可是我這是什麼感覺呢？好像有好多泡泡從心底冒了出來，直到舌根再一個一個破掉，酸酸的、苦苦的、鹹鹹的。

「曉語！」

音樂驟止，我恍惚看向呼喚的聲音來源，看見子惟滿眼的驚愕。

他慌張的扶住我的雙肩。「妳還好嗎？」

「我……很好啊！」他的瞳孔裡映著假裝精神的我，原來是那麼沒有說服力。

「不痛嗎？」他拉起我的手，問道。

眼前的景象瞬間讓我回過神來——雪白的琴鍵上沾著斑斑血跡，手指上鮮血直流，滿是觸目驚心的腥紅。我這時才感覺到傷口傳來的痛楚，又刺又麻。

大概是轉指錯誤造成的，傷處全在指頭側邊。

子惟拉著我走進保健室，護士阿姨不在，他逕自打開了藥箱，替我擦藥。

「妳今天心不在焉的，怎麼了？」他低著頭小心翼翼的幫我貼上OK繃，也小心翼翼的問。

「沒事。」

他抬頭看了我一眼，那是一個看穿我的眼神。「不要說謊，妳今天到底怎麼了？」

我咬緊了唇，嘗到了絲絲腥甜。滿腦子都是白湘菱告白的聲音，都是他們練習時牽手的畫面，那些全堵在了眼眶裡，我努力不讓它們落下，可是它們並不那麼聽話。

我該怎麼說出口呢？說我喜歡詩彥，說我不要他們在一起。我有什麼資格呢？這份佔有慾來得不應該，連朋友都不是的我，拿什麼身分說呢？

子惟輕輕摟住我，擋住了窗外的陽光，我靠在他肩上，淚水潰堤。

我是多麼盡力的想逃離有詩彥的世界，可是我的腳步不管怎麼前進，心卻還留在原地，還留戀著兩人份的回憶，不得安寧；我嘗試著轉移注意力，不再去接觸所有關於他的一切，可無奈我們身處同一個空間，隔著一個座位也隔絕不了自己對他的想念，他唱過的歌、他的聲音、他的笑容，通通緊抓著我的眼球，彷彿在嘲笑我的多此一舉，越去想他，寂寞就越是加倍。

「我不行嗎？」隱隱約約，子惟的聲音在我耳邊緩緩拂過，像微風。

「什麼？」我坐直了身子，看著他。

他伸手拿了幾張面紙遞給我。「不是有一句話這麼說嗎？新的戀情是忘記舊愛的良藥。」他對上我的眼，大概看見了我滿眼的複雜。「如果我說我喜歡妳，妳會跟我在一起嗎？」

看著別人的眼睛說話對我來說是件困難的事情，因為那裡最誠實，而我害怕真相，害怕自己看見冷漠與厭惡。可是我覺得我必須看著子惟，他眼中並沒有令我產生恐懼的成分，反而有著使我平靜下來的溫暖。

「子惟，你的好心不該害了你自己。」

「為什麼？」他的雙眸凝視著我。

「你願意做我的朋友，我已經很感激了。」我明白那雙擔憂的背後是出於什麼。相似之人必有相惜之處，我們有過相似的失落，所以特別關注著彼此，但那不是愛情，也負荷不了愛情的重量。

至少，現在。

我握住他的手，那雙因為練吉他而生繭的手，那雙帶給我安慰的手。「謝謝。」

他站起身，隨即笑了。「果然，就知道妳會這麼說。謝謝妳沒有答應我，因為妳坦然面對了問題。」

原來，他是在試探我會不會選擇逃避。如果我逃了，會怎麼樣呢？

回到音樂教室，洪利跟白湘菱正在聊天，詩彥並不在。

「回來啦？手怎麼樣？」白湘菱見到我，立刻過來關心，甚至有些心疼的拉起我的手。「很痛吧？」

「還好，擦傷而已，表演不會有問題。」我彆扭的收回自己的手，轉頭卻看到了恢復潔白的琴鍵。「鋼琴……」

「喔，剛才詩彥擦掉了。」她也轉過頭，一笑。「他說血這種東西如果不快點擦掉，等乾了之後就很難清除了。」

心裡的，也是嗎？

「他人咧？」子惟抱起吉他，問道。

「去買飲料……說人人到。」洪利興奮的朝著門口揮手。「我的奶茶！」

詩彥走了進來，將一袋子的飲料放在課桌上，拿起一瓶綠茶遞到我面前。

「福利社無糖的賣完了，也沒有賣檸檬紅茶，這個將就一下吧。」

心，又翻騰了、絞痛著。

盡可能的不去逃避。

我承認我有些心動，但這種心動卻讓人忐忑起來。我開始思考，我在詩彥眼中究竟是怎樣的存在，或許他只是還記得我的喜好，或許只是剛好想起來而已，更或許，只是因為我的負傷而產生憐憫。

所以這心牽動得發疼了，揪扯得泛青了，就像今天的天空，淺灰而厚重的雲層遮住了太陽，卻阻擋不了空氣中流動的悶熱。我拖著竹掃把往操場走去，在樹蔭下試著尋找一點早晨的清新，揮動著掃帚，視線來回跟著那末端夾雜的枯葉與枝椏，鼻息之間帶著絲絲草腥味，我並不討厭這個味道，只是心不在焉的堆積起那些蒙塵的葉片，將自己的呼吸隱藏在其他角落的嘻鬧聲中。

對於這樣的自己，我有種熟悉感，那是好久以前開始關上心房的我，開始自行透明化的我，不再讓內心世界轉動的我，我為這樣的狀態感到安逸，覺得擁有了歸屬。

我輕笑了起來，想起國中時那曾經要好卻已然成了陌路的「朋友」，想起當時的自己，想起當時與現在相似的憐憫——那於別人無關緊要，於我卻視如珍寶的憐憫。

「笑什麼？」亞如站在司令台上，由高處朝著我投射清冷的眼神。

我抿緊了唇，收回臉上陷入回憶的自嘲，將積成堆的落葉收拾起來。

「已經沒有希望的事情，妳妄想也沒用的吧？」她的聲音穿過悶熱的空氣，在我耳邊拂過一陣刺寒。

我停下動作，儘管不明白她的意思，仍能感受到字句中的不快。「妄想？」
「彭詩彥。」她來到我面前，臉上帶著不明的笑意。「妳喜歡他，我都知道的。」
心頭一震，恐懼從內心深處瞬間竄至指尖，彷彿做錯事情被揭穿了似的。
「妳都不覺得自己可笑嗎？」她雙眼瞇起危險的線條，像是鄙夷一隻既渺小又毫不起眼的蟲子。「人家詩彥都明講是在可憐妳了，妳從頭到尾都沒有資格站在他身邊，收起妳那假無辜的眼神吧，看了就倒胃口。」
她的話像針一般刺穿我的耳膜，整個腦子裡嗡嗡作響。我不是沒有自知之明，只是像這樣被人強逼著面對現實的感覺好比被賞了一記熱辣辣的耳光，痛得無從反駁。
「拜託妳認清自己現在的處境，妳的留戀只會成為別人眼中的笑話……」有那麼一瞬，我看見悲傷從她臉上掠過。「沒有人能擁有他，誰都不行。」
她的視線穿過我，我順著望去，只見教室窗邊正聊得開心的詩彥和白湘菱，對亞如的話一陣瞭然。
「很般配吧？他們……」我彎腰把垃圾袋綁好。「妳說的對，我不像湘菱，有勇氣去坦承自己的心意。」所以連當朋友的資格也失去了。
詩彥，原本是一個在我的世界裡代替了太陽的存在，如今太陽走了，只剩一片黑暗，我卻仍然尋找著一絲光線，儘管繁星點點，我的世界再也得不到溫暖。
早該死心了，是吧？
子惟要我打的仗，是時候鳴鼓了，我做妥準備了嗎？
剛回到教室，外頭的天色更憂陰了一些，猶如段考帶給每個學子的死寂。有人開了燈，課文與算式中的壓力在剎那間鮮明起來。

我拿著雜記本走向講台。

「手……好點了嗎？」一聲低柔傳入耳中，有另一本雜記疊在我的上方。

我盯著雜記上他的名字，微微牽起嘴角。「嗯。」

即使留戀著如此微小的關心，即使還為這般似有若無的寒暄悸動，一旦深知這不過是無謂的悲憫，過多的在意只會成為自刎的利刃，所以我選擇退後，讓淡漠武裝。

最少，在這個人面前，心海的波濤會被隱藏。

「孟曉語，我只是……」

「我懂，同情罷了。」語畢，我抬眼看向他，見到他滿臉的愕然。

在一場友情的盡頭，這是我頭一次選擇用相同的冷漠去報復，或許是一種自我保護，也可能是一種自暴自棄，我不想再假裝自己沒事，傷口不會因為包覆了一層紗布而消失，它在那裡，想恥笑的就笑吧，想同情的就同情吧，我會把這些都拋棄的。

我默默的下了這個決心，因為連那一點憐憫我都不配擁有，可是這佯裝的冷漠堵得心口幾乎窒息。

「大家要記得第一節考試前換到指定的的座位上喔！」班長在黑板貼上座位表，宏亮地宣告著考試的臨近。

以前我從來沒有在意過大考必須對號入座這個規定，但現在我卻不得不為此緊張，因為怎麼算，詩彥都會坐在我的位子上。

環顧來者三三兩兩的教室，背起書包，拿出手帕到洗手台邊沾濕，仔細的、緩慢的，把桌椅擦拭乾淨。周圍因為我的舉動而多了些竊竊私語，我沒有理會，也不需要理會，反正已經習慣了。

清冷而漠然的聲音讓我停下了動作，右手緊緊抓著手帕，手心裡全是被擠出來的水分，我沒有回答，只是站起來背對著他。

「妳在做什麼？」

「我在問妳問題。」詩彥話語中帶著低低的怒氣，隱忍著的，不輕易表現出來的。

也許別人看不出來，但我就是可以感覺得到。

轉身，我看著他。似乎沒有料到我還能正眼看著他，他愣了一下，也是這一瞬間，我發覺了同學們的注視，別過臉。

「你看不出來嗎？」這個位子，很髒的。

回到自己考試的座位放下書包，然後到外面，想把手帕扔掉。

因為是我的座位，所以他肯定不想坐的吧？會嫌髒的吧？既然這樣，我會把我造成的髒汙親手擦掉、丟棄……啊，不對，這種方式只治標不治本，如果可以的話，該消失的應該是我。

「喂，這個借我。」手上的手帕被抽走，等我伸手要拿時，它已在水龍頭下被沖洗。

「子惟，還我。」看著他洗著手帕，我心裡慌了起來。

「先借我一下，我剛剛在操場跑步。」子惟滿頭大汗卻笑得開心，把手帕的水擰乾後蓋在臉上。

「哇，好舒服！」

「喂，那個剛才擦過桌椅。」我彷彿看見一團黑霧蒙住他的臉頰，那是我的罪過、愧疚和不得已。

「所以啊，我才先洗過嘛。」他一臉無所謂，轉身走回教室。「明天還妳。」

到底是什麼意思啊？黎子惟，你明知道那是一條髒手帕。

「或許就是因為擦過桌椅吧。」沛吟來到我的身側，也是汗流浹背的。

「啊？」

「考試加油！」她揮了揮手，走進教室。

不行，我根本沒有聽懂，他們壓根沒有要跟我解釋的意思。

考前的插曲讓我沒辦法專心無鶩，直到結束了一整天的考程，依舊恍恍惚惚。我擔心詩彥坐在我位子上應考的心態，更摸不清子惟的用意。這些或許只是我自己杞人憂天，詩彥可能並不在乎，子惟也可能純粹隨心所欲，所有的猜測通通得不到解答。

放學後，我回到原來的座位收拾著，有一張紙條從抽屜裡掉了出來。

「我盡可能的不去逃避，卻用了千萬句的謊言欺騙妳。對不起，但我並不後悔。」

從此，你就是我心裡的一塊禁地。

那是詩彥的筆跡，我甚至能感受到字裡行間的溫度，像是我熟悉的那個詩彥。但我不明白他的話，不去逃避的是什麼？千萬句的謊言又是什麼？

真摯的道歉裡像藏了祕密似的，一定有什麼在我看不見的暗處悄悄流動著，倘若鑿出個洞就會有什麼如噴泉般急湧爆發。莫名的，我突然響起億賢說過的話，關於暴風中心的話。

「沛吟，如果接近暴風中心，會發生什麼事？」

「笨蛋，還沒接近就會受傷啦，很危險耶！」

會受傷的，她說。

很危險，她說。

期末考結束的隔天早上，沛吟是這樣回答我的，一臉「廢話嗎」的表情。

「不過，問這個幹嘛？」她坐了下來，反問我。

我一愣，突地不知道如何應答，只好別過臉望向外頭。今天的天氣跟昨天一樣，悶熱而令人難以喘息。

「今天好像會下大雨喔，昨天預報說的。」子惟從前門小跑進來，放下書包。「妳們有帶傘嗎？」

「有喔，希望期末聯歡的時候不要下，表演加油啊！」沛吟拍了拍我和子惟的肩，走到台前去交雜記本，然後拿著竹掃把出了教室。

我轉頭看向詩彥還空著的座位，或者說是看向自己已然空了的心，本以為我已經準備好了要丟掉對他的留戀，但他的一張紙條又讓我猶豫了起來，自我矛盾著。

「喂，我剛才問妳有沒有帶傘，怎麼不回答我呀？」後腦杓被輕推了一下，子惟拿著雜記本在我眼前揮了揮，嗔怪的字句裡摻著笑意。「還發呆！」

思緒被他這麼一攪亂，我才回過神，也才發現了從四面八方投射過來的不善目光，閃躲之際，眼神正好對上剛進教室的詩彥。

與平時的冷漠比起來，相對複雜了些。

收回視線，我撇過臉，順手抽走子惟手上的雜記本。「沒帶，我討厭撐傘。」

語畢，我走到台前，刻意忽略掉他人的議論紛紛，交上兩本雜記。

「妳的行為適可而止一點吧！」亞如的雜記本疊在我的上方，她的聲音在我耳邊故意壓低了音量。「他們都說妳是『賤人』。」

忠言總是逆耳，可是為什麼唯獨亞如說的時候，我能聽到一些警告的意味？而這警告，還帶著一絲諷刺。難聽話我早聽慣了，從小到大，無數各式各樣不光彩的標籤貼在我身上，我麻木了，也不再想改變什麼，更遑論反擊。但這次，心底一股莫名火湧了上來，我突然好厭煩這一切。

抬頭，我正視著她的雙眼。「那個『他們』，也包括妳吧？」

她瞬間慌了一下，尷尬地笑了出來。「少冤枉人了，我只是提醒妳而已，幹嘛神經過敏啊？」

是啊，我今天好奇怪，亞如不過就是一根直腸子的性格，我較真什麼？「抱歉啊，我沒別的意思，可能表演前太緊張了。」

「緊張點是好的。」她斂起笑容，轉身回到座位上。

那股火一下子灰飛煙滅，無以名狀的感傷取而代之，像今天的天空、今天的氣溫。深深呼吸，再嘆出竟是滿滿的空虛。

果然我就是我，就算生氣惱火，在自己的立場上從來沒能站得住腳，脆弱的、無助的、假裝無所謂的，再多的情緒到了別人面前總會失去意義，心情的低潮到了嘴邊也會變成笑容，我也懂得要守住自己底線的道理，卻總下意識的隱藏起來，最後用「沒關係」說服自己退後。

在「孟曉語」的生存法則裡，「沒關係」是首要的。

我輕笑，前幾天才給自己下了決心不再佯裝自己，現在看起來，這種決心跟糖玻璃沒什麼兩樣，理性的甜頭終究是易碎的物品。

早自習結束後，請了半天公假彩排，但也就排演了幾次，剩下的時間都在後台無聊的待機，直到下午活動開始。體育館裡的喧鬧聲越來越大，全校幾千人的期待都聚集了起來，用五光十色的舞台燈光點綴著。

「啊……下一個就是我們了，我突然好想大便。」洪利抱著肚子，皺起五官，看上去有些猙獰。

「你忍耐一下啦！」子惟嗤笑著，背起吉他隨意的撥了幾下。「彩排的時候都沒出問題，放心吧。」

「你們都不會緊張嗎？」洪利的視線掃過我們，最後停在我旁邊。「白湘菱明明也一副魂不守舍的樣子。」

「還說別人，你先管好你自己吧。」子惟抽走洪利手上的鼓棒，往他肚子上戳去，洪利吃痛的臉變得滑稽。

我看向臉色有些慘白的白湘菱。「還好嗎？」

她朝我笑了笑。「嗯，沒事。」

那笑，有些侷促勉強，但我沒再多問下去，只見她低著頭摩娑著手機，顯然不是沒事的樣子。

「妳呢？不緊張嗎？」詩彥的聲音淡淡的響起，我轉頭，才發現他正在看著我。

別過臉，我搖搖頭，即使心頭一暖，也拚命止住了那不必要的悸動，就算這裡只有他知道我的過去，知道我怕人的原因，但他已然成為使我的恐懼變本加厲的因素，我清楚那不過是隨口問問，絕對沒有關心我的意思。

「真的不緊張？」子惟問道。

我扺起笑容。「嗯，還好，反正觀眾的焦點不會在伴奏身上。」

我不會是聚光燈底下最耀眼的那個人，儘管我羨慕過、渴望過那個能與詩彥牽手合唱的角色。

「前面的表演結束了，下一組上台！」工作人員走到後台催促，我們站起身給彼此打氣了一番。

臨上舞台前，白湘菱拉住了我。「曉語，如果有人阻止妳做妳想做的事，妳該怎麼辦？」

看向舞台之下滿滿的觀眾，我悄悄握了握她的手，掌心傳來的冰冷令我一驚。「沒關係，鼓足勇氣就好了。」

「謝謝！」她笑了笑，美麗的眼睛裡像是釋放了剛才的緊張，多了一些雀躍。

看著她走向舞台前方，聚光燈打在她身上，與詩彥相視而笑，我在後面望著他們的背影，想起自己剛才的話。

勇氣？那於我而言根本不存在的東西，竟然還能說出口去安撫人家。

然而，看似順利的眼出，在結尾時出了一點小意外。

正當我彈完了尾奏，台下忽然一陣譁然，接著歡聲雷動，我疑惑地抬頭，愣在原地，腦子裡一片空白。

白湘菱踮著腳尖，吻住了詩彥。

我不記得自己是怎麼下台的，只知道自己緩過神來後，已在後台的角落，子惟站在我面前。

「子惟，我……」

「妳不要跟我說妳不在意、妳沒關係。」

我愕然地抬頭，在他的眼睛裡看見無措的自己。「可是我除了嘴上能逞強之外，還剩下什麼？」這句話，我說得好輕好輕，像在自言自語。

緩緩晃到體育館門口，沛吟在那裡等我。外頭正下著暴雨，發出震耳欲聾的聲響，天色比起早上灰黯了許多，整片天際烏雲密布，一如現在的我。

「天還沒塌，不要一副愁雲慘霧的樣子。」沛吟抓著我的肩膀，一臉擔憂。

愁雲慘霧……呵，形容得真貼切。

我撥開她的手，往操場上望去。我看見自己的信心頹廢的坐在雨中，它乏力的垂著雙手，兩眼空洞的看著前方，又好像穿過我在遠方聚焦，那裡卻空無一物。我覺得我什麼也不剩了，一點都沒有殘留，不論精神、不論心靈、不論對人的信任、不論面對事情的勇氣。

沒辦法去反問自己不安的理由，明明答案擺在眼前，我也沒敢揭開，因為那不可口，也不會冒出令人垂涎的香氣，就像學校的營養午餐，實物絕對沒有菜單吸引人，何況菜單本身就令人倒盡胃口。

我開始縮回自己的蝸牛殼，不經意的，變得更加委曲求全，然而這副模樣把沛吟氣得半死。

「妳不是認為人生只有一次嗎？為什麼不實實在在的把心裡話說出來？」她推了我一把，沒多大力，卻推痛了心。「既然妳沒有勇氣，那就不要渴望其他的。」

我想，現在是時候了結這段還沒開始就結束的感情。

「死心眼、死腦筋。」她說。「事到如今妳想自拔也沒用了，倒不如做些什麼讓他更在意妳。」

那是一種柔性的報復，表面上自己佔上風，其實依舊受感情擺布，我仍在愛情的暴政下，受苦挨餓。

「沛吟，這樣受的傷更重。」子惟沉著張臉，嚴肅而深刻。「曉語不像妳敢愛敢恨，她無法自拔的話，我們就必須幫她。」

「要怎麼幫？那是她的心啊！」

是啊，是我的心啊！放不下的是我，看不開的也是我，無論如何，是我把自己逼進死角的。

「痛就說痛，難過就說難過，這麼簡單的事情為什麼做不到？」沛吟低吼著，像是替我抱不平，又似怨我坐以待斃的模樣。

「沛吟！」子惟拉住了她，搖搖頭。

「很狼狽吧……？」我看向傾盆的雨勢，伸手觸碰那一顆顆豆大般的清冷，接著走入雨中。

操場上，只有回憶嘶吼的聲音。那些過去我所沉浸的美好，彷彿正在大聲的對我譏嘲，像詩彥的紙條上所寫的，只是千萬個謊言罷了，我不過就是不願意真正面對現實，也用了另外一堆謊言欺騙自己。

騙自己，我沒事、真的沒事，無所謂了，沒關係了……

雨打在身上很痛，卻不及心上的千分之一、萬分之一。

「為什麼不撐傘？」

本在我身上肆虐的大雨驟止，一把傘擋在我的頭頂上方，我轉身，剛剛忍住的淒然立刻無助的落下。

「討厭撐傘也要看情況，著涼了怎麼辦？」那是很久以前，冬天刺骨的風裡他替我裹上圍巾時的擔心，可是比那時更刺骨的，是他的關心。

「彭詩彥，這也是謊言嗎？」我退了一步，退出他的傘下。

「孟曉語，妳會感冒。」他前進了一步，硬是將傘柄塞到我手中。

「不需要……」不需要了，你的假惺惺、你的憐憫。

「孟曉語！」

「我說不需要！我會不會感冒，都不關你的事！」

轉身，我用力的、憤力的離開那裡，離開受盡噓聲、無法堅強的……初戀。

彭詩彥，從此，你就是我心裡的一塊禁地。

接近放學時間，我才回到教室，同學們亂成一團，沒人發現我的存在。

「喂！出事了！」一個同學從我身邊衝進教室。「白湘菱從樓梯上摔下來了！」

孤獨，會讓一個人堅強起來。

關於白湘菱受傷的事，後續處理出乎意料的安靜。

雖然平時與她要好的幾個女同學曾來找我興師問罪，但億賢和于佳幫我擋掉了那些非必要的責難，說他們兩人是目擊者，也是他們幫忙將白湘菱送醫的。至於兇手是誰、他們又為什麼在現場？兩個人則閉口不提。之後，沒有人再誤會我與這次事件有所關聯，不過奇怪的是，那陣子詩彥和亞如都沒有來學校，直到休業式那天。

一早到教室，就看見詩彥在座位上低著頭，一副十分沮喪難過的樣子，于佳和億賢圍繞在他身旁，臉上都是既擔心又無可奈何的表情。

我止住了自己的好奇心，沒有去問，我想他不管怎麼了都已經無關於我。

「哎，亞如休學了。」沛吟抱著一大疊測驗卷走進來，一邊在位子上分類，一邊悄聲告訴我。「剛才去領暑假作業的時候，看見班導在跟她說話……」她頓了頓，別有深意的將視線投向我身後。「班導桌上有她的休學申請。」

順著她的目光看去，只見依舊垂首的詩彥。我收回視線，轉過頭。「然後呢？」

「沒有然後了。」沛吟將一部分的測驗卷塞到我手上。「幫我發。」

我們沒有再討論這個話題，但亞如休學的消息卻不脛而走，關於其中原因的猜測，更是一天之間冒出了各式各樣的版本，這些臆測的共通點全都是和白湘菱受傷有關。

他們說，白湘菱是亞如推下樓的。

他們說，一切都是亞如做的。

一切，他們把一切的責任都推給一個人承擔，沒有人在乎真相，只是順著某一種猜測繼續往下胡謅，像接龍一般，在戲弄似的笑語中，一個接著一個、再接著一個、一個、又一個，最後用無法考證的想像力去審判一個人。

「『一切』是什麼意思？」從走廊上，我看著教室裡東一群、西一群議論紛紛的同學們，實在是不懂，為什麼人能單憑臆測和成見就去定一個人的罪？這讓我想到前陣子的留言板告白事件，大家不分青紅皂白的認定是我一樣，那種被誤會的感覺非常不好受。

「字面上的意思。」于佳來到我身旁，遞給我一瓶礦泉水，和煦的陽光透著清水折射，有些刺眼卻令人不知不覺地著迷凝視，就像環河公園的波光粼粼，在這搖擺不定的氣氛中異常平靜。

「我還是不懂，這樣無理的歸咎，對亞如不公平啊！」

「只要不是妳做的，對妳來說就是公平的！」于佳倚著欄杆，語氣平淡卻字字往我心上重擊。

的確，當大家相信事件的主角不是我時，我真的鬆了一口氣，甚至還有些僥倖、有些冷眼旁觀，這讓我產生自我衝突，發現自己的偽善，為這樣的自己感到絲絲羞恥。

到頭來，我跟那些曾經誣陷我的人毫無差別。

「曉語，真相已經不重要了。」說完，她起身往教室走了幾步又停下來看著我，神色真摯而感傷，語氣輕緩而失望。「偽裝自己是很累的，妳比誰都清楚不是嗎？可是……對重要的人說謊，更累。」

語畢，她轉身離去，當她離開了我的視線，我的時空驟止，身邊瞬間一片空白，獨留走廊另一端的詩彥。

他朝我揚起淺淺的笑意，蒼白、憔悴，有著釋然的苦澀，有著許久不見的溫柔。

那笑，令人心痛，也沒想到這匆匆的一抹笑，竟成為我和他最後的交集。或許不過一秒不到的時間，在我的眼裡卻緩慢的逼著我去記住那一剎那，逼著我在很久以後回想起來，為自己的笨拙和自私後悔莫及，逼著我對這雙從無怨懟的眸子愧疚無比。

但我想這就是提不起勇氣的懲罰，因為自始至終，我都只看得見自己，自以為傷得最重，站在自己的立場怯懦的緘默著。

休業式結束後，我們回到教室，班導發給每個人一張紙和一個玻璃瓶，要我們把自己的目標、願望或夢想裝進瓶子裡。

「今天是這個班級相聚的最後一天，升上二年級後，你們會分散開來，教室裡的面孔絕不會跟現在一模一樣，所以這是我們最後一個共同的回憶，老師希望這個回憶不只在今天結束，而是可以延續到很多年以後，你們能夠用更成熟的面貌回到這個班級裡，挖掘自己今天埋下的初心。」

我凝視桌上那稱為時空膠囊的東西，腦子裡一點頭緒都沒有。目標是什麼？願望是什麼？夢想是什麼？那顆種在我心裡的音樂夢早已蒙上了另一個人的影子，成為我不肯再去細心照料的棄芽，任憑它在我心底的某處壞死。

「曉語，妳的夢想是什麼呢？」班導走到我身邊，看著呆坐不動的我問道。

我搖了搖頭。「……我已經不知道了。」

她沉吟了一會兒。「妳可以想想比夢想更重要的事，例如，想對未來的自己說些什麼話啊，或者妳希望未來的自己回過頭來時能看到什麼樣的過去呢？」

現在的我，放棄了曾經義無反顧的夢想，還剩下什麼能比夢想更重要？未來的我，會希望看見自己的殘破嗎？也許到那個時候，時間已然淡化了一切，我會用另一種心態去看待這個歲數的自己……也可能反而愈加無可割捨。

轉頭，我望著隔了一個位子的詩彥，沒有任何阻礙的看著他把紙條摺好放進瓶子裡，陽光透過窗面溫和地灑上他的側顏，亮了那輕柔的笑意，在嘴角、眼角閃爍著。

因為我發現有比夢想更幸福的事情。

恍然間，我想起好久以前問過媽媽為什麼不繼續夢想時，她給我的回答。我記得，那時候媽媽的笑容就跟現在的詩彥一個樣子，帶著一點落寞卻有更多的滿足。

視線回到桌上那張白紙，提筆，寫上自己最後的放縱、最後的衝動，壓上軟木塞，繫上寫著自己姓名的緞帶。

班導將全班的玻璃瓶收集到一個大大的鐵盒子裡，帶著大家到學校後面，找了一個角落埋下了大家的期許，大家立了約定，畢業後還要相約再回來這裡。

就這樣，平凡無奇地結束了高中一年級的生活。

進入漫長的暑假，少了一些課業的緊湊，多了一些閒暇的愜意。沒事在家寫寫小說，有時候跟沛吟一起去書店亂晃，有時候一個人到圖書館吹冷氣、寫作業、混時間。子惟在七月的時候去了德國一趟，八月再回來時，我和沛吟一起去接機，他笑著說小不點終於完成了他們之間其中一個約定，從那個時候起，他們拉著我一起完成了第二個、第三個，好多個他們從前沒辦法一起完成的約定，我陪在他們身邊，看著即使分離比相聚更長的兩人要好如初，心底有些羨慕，可是更慶幸自己能見證這一切。

他們的故事使我對「友情」有了新的認知——真正的陪伴不是無時無刻，而是心裡惦記著彼此，隨時隨地。

至於再見到于佳和億賢，已經是高二開學的那天了。暑假不長也不短，兩個月的失聯也使同學之間多了一分猶如初遇的尷尬，但這份尷尬在幾句噓寒問暖之後便消失殆盡，取而代之的是舊有的熟稔嬉笑，時間造成的隔閡彷彿不曾存在。

穿堂的分班表前擠滿了人，高二的文理分組會依照個人的志願打散原本的班級，重組一個新的群體，直至畢業。

選了文組的我和沛吟留在原來的班級，還是原本的班導，意外的是明明有著一顆數理腦的子惟竟也跟我們同班，雖然他的人文類科也沒差到哪去。

「桃于佳妳在理組？」億賢的聲音從我身後傳出，回過頭只見他一臉驚訝。「妳志願沒填錯嗎？」

「要你管！」于佳紅了一張臉，撇過頭，抬手作勢要往億賢身上甩去，卻穩穩的落入後者的掌心。億賢炫耀似的在我眼前搖了搖交握的手，得意與幸福溢於言表。

我笑了，這真是很大的驚喜。「什麼時候的事？」

「暑假的時候，于佳她……唔唔……」億賢的話頭剛起，就被于佳強行摀住了嘴。她瞪了他一眼，接著朝我瞇起笑容。「曉語，先這樣，中午一起吃飯！」話一說完，拉著億賢消失在轉角。

我打從心裡替他們感到高興，因為清楚他們走到一起是多麼的不容易。

轉過身，目光回到分班表上。有些人，就算再怎麼說服自己不要去在意，心卻還是有意無意的去尋找，然而，我的尋找只是徒勞，那個人的名字不在任何一個班級裡，一點痕跡也沒有。

那個人彷彿從這個世界蒸發了，心一下子像被人挖了個洞，灌進冷風，呼嘯而去把一切都帶走，留下了失落。

原來我還期待著走廊上的錯身而過，期待著從哪一個班的窗外望著他的身影，期待著不期而遇，在我努力的想要把他推出自己世界的同時，矛盾的期待著。

但他離去了，自動自發的。

分班表強迫我面對這個事實、承認這個事實、接受這個事實。日子一天天的過去，我也的確接受了、也習慣了再也見不到他的現實，更佯裝自己不在乎他的去向，佯裝自己沒有受到一絲影響，反正裝久了，有一天會真的無所謂的。

我藉此轉換自己的生活，停掉了從小一直堅持的鋼琴課，為了不讓自己怕人的個性再給身邊的朋友造成困擾，在班導的協助下定立教職的目標，嘗試新的挑戰，全身心的投入於課業中，想讓忙碌麻痺我的胡思亂想。

可是我好像錯了，為了改變而改變也許能找到全新的自己，為了忙碌而拚命的忙碌也許能暫時拋開雜念，但疲憊到了極點時，思念更會迎面重重的撞擊，痛得無法言喻。我以為，孤獨會讓一個人堅強起來，結果一個人獨自承受與奮戰，表面固若金湯的城牆，其實只是岌岌可危的堤防，脆弱得幾乎崩潰。

身邊的人好似說好了一般，在我面前時絕口不談詩彥的事，甚至連名字都不曾提及，好像要遂了我的意，任憑我漸漸的忘掉他一樣。但我還是聽見了關於他的消息，從班導的口中。

當然，是不經意的。

他到澳洲留學了，聽說是上一次寒假的時候就決定了，一聲不響的。不過，現在知道又能改變什麼呢？即便知道去向，也不會再見到了不是嗎？

所以，高中剩下的兩年，我就在瘋狂的忙碌中渡過，去習慣沒有他的生活，考上了大學，選了第二興趣的中文系，平淡而不起眼的迎來了畢業典禮。

最後一次整齊地穿著制服，別著胸花，拿著畢業證書，就在我以為自己也能像其他人一樣平凡的結束高中生涯時，于佳和億賢來到我面前，打斷了我和子惟、沛吟的談笑。

「怎麼了？」我不解的看著表情嚴肅的兩人，問道。

「有些事情是時候告訴妳了，因為可能以後再也沒有機會說。」億賢的語氣讓我想起當初他勸我不要太靠近詩彥時，一模一樣的低沉和謹慎。「其實，詩彥……」

心心念念好久的名字，突然在耳邊變得立體，我下意識退了一步，卻被于佳拉住。「不要逃避了，曉語，聽我說……」

接下來，我聽見的，足足讓我如雷轟頂震懾在原地，許久不得動彈——

我一直以為的事實，被謊言般的真相澈澈底底推翻了，我不想相信，卻能清楚的感覺到身體的顫抖，它們在證實我的錯誤，愧疚一下子蜂擁而上，堵在胸口，就像在制止我吸取這用另一個人的傷痛作為代價換來的和平空氣。

于佳遞給我一封信，緊緊的握住我的手。「這是他寄給我的E-mail，但收信人應該是妳才對。」

「為什麼……現在才告訴我？」我看著那張收件人欄位空白的信封，遲遲不敢打開，好像有什麼在拆封後會猝不及防地，碎裂。

「因為，他想要妳幸福。」

我打開了信，生硬的新細明體在眼前排列，一字一句、一言一語卻是那麼的熟悉、是那麼的溫暖，暖得幾乎抽光了我的力氣，眼眶裡的晶瑩堅持不住，斷線、潰堤……

番外二　真相

有亮光的地方就會有影子，面對陽光的人，身後都會拉著一道又深又長的陰影，他們臉上的笑容只有向前看的時候燦爛，因為他們花了很多力氣不去注意背後的黑影，學著太陽晨起夕落時的溫柔，卻永遠無法日正當中。

彭詩彥就是這樣的人。

體貼、溫柔與善良是他的生性，但他的樂觀開朗並非與生俱來，只是在過往的挫折與迷惘中，學會舔舐自己的傷口，勇於嘗試改變，無論是自己的心態，亦或待人處事的方法。桃于佳便是見證他性格轉變的人，更是促使彭詩彥改變的最大影響。極少人能從他身上找到一點孤執和憂鬱的影子，更不會有人相信他是一個容易退縮又多慮的男孩。

至少，蛻變為陽光少年的他，讓人以為平易近人的他，把真正的自己藏得密不透風，別人可以跟他的外在人格打成一片，他自己卻很難主動對人掏心掏肺，推開所有想要跨越朋友界限的人，他認為那是保護他人，也是自我保護的一種方式，甚至執著於此。

因為愛情對他來說，就像脆弱易碎的花瓶，人們在珍惜時總是小心翼翼地守護它的美麗，意見相歧時便隨手將它摔了個粉碎，恍如它不再具有任何價值，地上的碎片只能狼狽的躺著，用殘破而尖銳的身軀將踐踏自己的人刺傷。

一如他的父母、他曾經美好的家庭。

他不再相信愛情，那是多麼虛偽又危險的東西。

但現實總是不從人願，光靠他那張笑容可掬和親切活潑的表面，就足以讓許多女孩戀慕傾心，從小到大跟他告白的人不計其數，卻從來沒有人成功，能夠留在他身邊的女孩，只有桃于佳一個人。桃于佳也不是沒有被其他女孩忌妒過，但她對於彭詩彥來說就是一個無法分割的存在，是能夠看透並完全包容自己的朋友、親人。

就像周億賢說的一樣，桃于佳之於彭詩彥只是一個多麼普通又普通的陪伴，不夠普通的，通通沒辦法站在彭詩彥身邊。

可是孟曉語打破了這個貌似纏絆彭詩彥多年的愛情咒詛，用最安靜的方式進入了他的心。起初，連彭詩彥自己都沒有意識到自己過度在乎這個坐在自己前面的女孩，只是一如往常的想跟座位附近的人打好關係，這是他每到一個新的環境裡就一定會做的事，他要讓這新環境裡的每一個人以為自己是個跟平常家庭一樣幸福的小孩。

自怨自艾？他做不到。

第一次見到孟曉語，是在升高一暑假的新生訓練，前往學校的公車上。當彭詩彥上車的時候，只有孟曉語的身邊有空位，他不以為意的入座，卻不小心坐到了孟曉語的制服裙角，她輕輕地拉回自己的裙擺。

「抱歉……」這是彭詩彥對孟曉語講的第一句話。當他看向她，她搖了搖頭表示沒關係，眼神卻飄向窗外，雙手緊抱著擱在腿上的書包，這時彭詩彥才發現這個女孩身上的制服在這個城市裡面完全沒有看過，是從外地來的。但即使心裡感到新奇，他也沒有多留意下去，直到他發現女孩跟他同一站下車、走入同一座校園、尋找著同一間教室、按著座位表坐在自己的前面。

在新的教室裡，孟曉語一語不發的坐在位子上，毫不理會身邊同學們相互的問候、或者興奮的重逢，只是一個人看著新課本發呆，彷彿對什麼都不感興趣。

這一切，彭詩彥都看在眼裡，想上前打招呼卻總是被其他同學絆住，尤其是坐在附近的女孩們。

「怎麼？你對人家有興趣？」休息時間，坐在彭詩彥旁邊的桃于佳打趣地問道。

「才沒有。只是她一整天都沒有說話好奇怪，一般來說不是都會想要認識新同學嗎？」彭詩彥咬了一口麵包，含糊的答道。

桃于佳雙眼瞇起一絲鄙夷。「你以為全世界都跟你一樣想要讓大家都以為你是陽光可愛好寶寶？」

「屁桃妳講話就不能順耳一點？」

「剛剛那句我已經盡力了好嗎？」

兩天的新生訓練裡，除了能感覺到前面這位女孩全身散發出不為任何事情起伏的氣息之外，彭詩彥對孟曉語一無所知。

然而，開學的第一天，彭詩彥在自己忘了寫雜記的慌亂中，意外發現前座女孩正巧翻看著她那寫得密密麻麻的雜記本，像是找到了救星，又像是找到了搭話的藉口。

他向她借了雜記本，嘗試著跟她有些互動，發現孟曉語的客氣有著一種無法言喻的距離感，有點像是在刻意隱藏著什麼，或者說是正在克制著什麼，她的每一句話都平淡而毫無情感，笑意之中帶著冷漠，這種冷漠並非目中無人，而是靜如止水般清淡。更重要的是，她與許多女孩不同，對自己不會出現那些諂媚且嬌羞的笑容，那雙眼睛似乎有些觀察，卻沒有其他的意念，很單純的就只是在回應著主動搭話的自己，有問有答，不失禮節的婉約。

彭詩彥發現，孟曉語並不是自己當初所想的不苟言笑，她會笑，只是那個笑似乎只是為了應對交流而已，他看得出來，並且對這樣的笑容感到熟悉，自己曾經也為了應付他人而學會怎麼笑。因此他對這個女孩產生了一點好奇，想知道她的距離感從何而來。但這個疑問在閱讀過她的雜記之後便有了解答。

孟曉語的文字比她本人更誠實，沒有那些假裝堅強的樂觀外表，只有不知所措的情緒滿溢。

對此，彭詩彥是羨慕她的，至少她跟自己不一樣，沒有選擇完全隱藏自己，只是她不知道該怎麼融入這個新環境，結果這種猶豫使得她的存在更加格格不入。他試著用更俏皮的方式互動，意外的發現，她會用一樣的俏皮回應自己，儘管有些不自然。

事實上，孟曉語應該也沒有意料到彭詩彥會這樣試探她，反應總是跟不上他的節奏變換，彭詩彥卻挖掘出孟曉語的意外之處，在自己的主動之下，只要削弱了她的恐懼，那看似平淡的笑容會洩漏一點真心在裡面，眉角之間那好看的弧線令他有些動容。

彭詩彥是個能敏銳查覺到別人對自己有否特殊情感的人，所以他能夠巧妙的應對那些對自己懷著愛慕之心的女孩。但孟曉語是個例外，連續幾天的交流相處之下，他發現孟曉語對自己不遠也不近，好像只當自己是個能夠談上幾句話的普通同學，比起其他人，她待自己不同的地方也就只有能夠主動打招呼，除此之外，她幾乎不曾主動說過話。她的情感很單純，沒有令自己感到危險的氣息，自己反倒因為她時不時的冷淡而有些失落。

但這樣的冷淡對他來說很踏實，讓他覺得和孟曉語交朋友很安全。他樂於發掘自己和孟曉語的投合之處，除了口味的相似，還有比起團體活動更愛一個人獨處的性格，所以他提出了一起待在音樂教室的建議，忽略了自己止不住對她的好奇心，情不自禁的想要多了解她一點，想要跟她同處一個空間裡。孟曉語也不出他所料的，即便獨處在一間教室裡，她給足了自己想要的個人空間，她練她的琴、他看他的書，偶爾笑語幾句、分享幾件小事，她並沒有干預自己，也沒有跨越任何他認為危險的界線，和她相處很輕鬆、舒服，更確切來說，彭詩彥在孟曉語身上感受到她正珍視著現在的關係，甚至有著僅此就好的認知，這讓彭詩彥更能在她面前放開束縛做自己真正的樣子。

那深鎖在他內心的愛情牢籠，有了那麼一點鬆動。

隨著時間的流逝，他們之間的互動變得更自然，默契也跟著好了起來，也許是兩人都有很強的觀察力，很多事情不用多說就能夠相互配合，但他們始終沒有真正去了解對方，應該說他們都太擅長隱藏內心，即使彼此都能夠正正當當的以「朋友」相稱，孟曉語一直都追不上彭詩彥話題節奏改變的速度，彭詩彥總是摸不清孟曉語那些有著隱含意義的言語背後真正的意思，也在孟曉語身上發現了很多他不能理解的行為。

她不曾拒絕別人的要求，總是帶著笑容說「沒關係」之類的話，即使心不甘情不願也不會表現出來，沒有人在乎她到底是不是真的「沒關係」，她的喜怒不形於色常受人利用，但她不曾抱怨，講好聽是為人隨性，說白了就是濫好人一個。

這些在彭詩彥眼裡看來不過是不斷的犧牲自己去迎合大家，他不懂孟曉語這種莫名的責任心從何而來，甚至為此感到憤怒和不捨，但讓他最生氣的不是孟曉語不重視她自己，而是當他想要幫助她的時候，她總會退縮，彷彿在躲避一切好意。

每當這種時候，彭詩彥都會看見自己和孟曉語之間有一條不寬卻深的橫溝，橫溝的對面又有一道高牆把她整個人團團圍住。橫溝或許一腳就能跨過，但總有一種阻力在妨礙彭詩彥前進，像無言的警告，讓他想到自己為自己的情根鎖上的牢籠。

他開始感到慌亂，為什麼自己想要跨越那道橫溝？為什麼自己會渴望再接近她一點？為什麼自己會那麼在意她的一舉一動？為什麼自己會為她那抹佯裝堅強的笑容感到心疼？為什麼每當她因為自己的好意而退縮時，自己會那麼失落、那麼生氣？氣壞了卻沒辦法往她身上撒？這些問題他自己想不透，卻在一次巧遇中被解了開來。

那是在書局，來買文具的彭詩彥和桃于佳遇到了在書架之間駐足的孟曉語，他抽走了當時她手上拿的書，封面的一段話點醒了他——

這世上有一種毒叫愛情，中毒的都是傻瓜。

彭詩彥發現了，他是傻瓜，他中毒了，一種叫作愛情的毒。

心裡的牢籠徹底被沉寂已久的愛情野獸衝破，牠咆嘯著、呼號著，彭詩彥不知所措了起來，對於這個十幾年來不肯相信的危險情感一點辦法都沒有，他一直以為沒有愛情也可以幸福的活下去，可是現在，他卻無法自拔地渴望著它、和她。

彭詩彥不清楚孟曉語對自己是什麼感覺，困惑之中，他拉著她到環河公園去，想利用非熟悉的空間去確認她的心意，但這一趟測試，除了自己因為發現了孟曉語的一點新面貌而感到心動之外，孟曉語對自己的情感到底有沒有一點愛情的成分，他什麼也沒看出來。

「其實曉語對你的依賴比對我們的都多。」桃于佳看著好友難過的樣子，帶著安慰的笑容拍了拍他。「換句話說，或許你在她心裡是個特別的存在吧。」

只有這種時候彭詩彥對於眼前的女孩才會產生濃烈的崇拜，因為她都在自己猶豫不決的時候看得比自己還要通透許多。

「但她怕人，雖然我也不知道原因，」桃于佳嘆了口氣。「如果你想追她，那要小心一點，她可能會因為你而受傷。」

桃于佳的警告，彭詩彥並不是不了解，那是桃于佳本身的體會，只要是彭詩彥身邊的女孩，總是少不了妒忌與猜疑的眼光，桃于佳靠著自身的強悍撐了過來，可是他們都知道孟曉語不是這樣的類型，她總是特別在乎別人的眼色，小心翼翼的應對著。

於是彭詩彥決定順著孟曉語的個性跟她相處，人多的時候不跟她打鬧，人少的時候跟她一起安靜，他先是滿足於這樣默默的陪伴，時間久了卻慢慢的不知足起來。他想要跟她擁有相似的東西，所以交換了黑白豬的另一半布料；他不甘於安靜地聽她彈琴，總是找一點小事鬧鬧她、買兩人都喜歡的飲料逗她開心；纏著哥哥學了一小段鋼琴旋律，為了更引起她的注意。

那首〈他約我去迪士尼〉，是他委婉的告白。他想告訴她，她是他童話世界裡的公主，只有她才有那張通往自己心中遊樂園的門票。

漸漸的，彭詩彥開始感覺到孟曉語的軟化，她不再推卻自己的好意，兩人獨處的時候甚至可以在她身上看見平常在班上不曾出現的活潑，偶爾還會有一點小撒嬌、小拌嘴，他知道孟曉語對自己的依賴又更深了許多，他也越發喜歡這樣的她，那個有些小遲鈍的孟曉語、會偷看自己睡覺的孟曉語、在被自己揉亂了頭髮依舊微笑的孟曉語，彭詩彥愛極了那種笑容，不是初見時的客氣應付，而是打從心裡因為自己而綻放的燦爛笑容，有著輕鬆的線條，還有偶爾泛著紅光的雙頰。他也發現了她不再躲避自己的目光，他可以從那雙美麗的眼睛裡看見滿臉幸福的自己。

可是即使彭詩彥沒有明說自己喜歡孟曉語，四周總是有些不帶善意的目光注視著兩人，他們之間的曖昧氣氛藏也藏不住，很快的，彭詩彥就察覺到了那即將引起風暴的危險——高亞如。高亞如喜歡自己的事情，彭詩彥其實一直都知道的，對高亞如總是採取冷處理的方式，本想讓她與其他女孩一樣知難而退，但她似乎並不是那麼簡單的人物。

她早就發現了彭詩彥心屬何處，所以刻意接近孟曉語，假裝友善地對她旁敲側擊，想要知道孟曉語對彭詩彥是不是也有相同的感情，只是孟曉語並沒有發覺這一切，一再和高亞如說著她那些「朋友論」，高亞如身為旁觀者又怎可能不知道孟曉語只是沒有認清自己的感情而已。她忌妒彭詩彥對孟曉語的溫柔體貼，與自己總是碰了一鼻子灰的冷漠戈壁有著令她絕望的天壤之別，她更痛恨孟曉語的遲鈍，討厭她可以在不知情的情況下獨享著彭詩彥的呵護。孟曉語對她來說就是個刺眼的存在，於是她對自己發誓，要讓孟曉語發覺自己的感情，再一下子毀掉她在彭詩彥內心的形象，狠狠的拆散他們，搶回彭詩彥。

對高亞如來說，彭詩彥本該就是自己的東西，因為從小到大沒有任何東西是她想要而得不到的。

其實彭詩彥也發現了高亞如的心機，就連桃于佳和周億賢都隱約嗅出了絲絲陰險的氣息，但對方還沒有什麼作為，他們只能想方設法的讓孟曉語離高亞如遠一點。桃于佳用自己的厭煩態度驅趕著高亞如對孟曉語的接近；周億賢找到機會就不斷的對孟曉語做出口頭警告；彭詩彥則是因為自己對孟曉語的歉疚心理而變得忽冷忽熱起來。可是他們都沒有想到，高亞如並沒有因此怯步，反而因為他們幾個人的掩護而越發討厭孟曉語；孟曉語自己也沒有發覺危險在自己身邊，反倒因為彭詩彥的態度落差而衍生了更多的不安全感。

事情還是無法阻擋地發生了，孟曉語收到了一張沒有附上署名的告白紙條，這張紙條不過就只是高亞如為了讓孟曉語的感情醒悟過來的一種方式，但對於其他人來說，他們害怕那張他們未知內容的紙條會為孟曉語帶來危險，但除了讓她整個人變得魂不守舍之外，什麼都沒有。

進入寒假，就在他們幾個去ＫＴＶ的那天，周億賢的提示澈底的讓孟曉語內心的情感爆發，那個她永遠以為是奢侈的愛情，那個她幾番克制、不敢奢望的愛情，在這天狼狽的被一首如明鏡一般的曲子給映照了出來，這當頭棒喝讓她感到十分恐慌，她不敢想像這場友情變質之後會變成什麼樣子，所以她逃了、逃離那個強迫自己面對現實的窄小包廂，但也因為這首歌才讓彭詩彥發現原來孟曉語也是喜歡著自己的，只是他不懂她為什麼要崩潰逃跑，就像他一直都不懂她為什麼總在悲傷的表情之後漾出笑容，那笑只揪得他心疼。

彭詩彥拉著淚流不止的孟曉語搭上了與回家路線相反的公車，緊握著她的手腕，安靜的等她恢復平靜，他想讓孟曉語知道，難過的時候有自己陪在身邊，他不想要她一個人孤單面對，所以他試著把心裡的話告訴孟曉語，他知道唯有自己主動坦然，孟曉語才會有所反應，即使只有一點點，他也想更了解她。但他並沒有料想到自己的坦然，竟換來孟曉語過去那些悲慘的回憶。

孟曉語怕人的原因來自同儕的冷言諷語、嘲弄霸凌，對友情的抗拒和防備源於曾經朋友的背叛，僅僅因為她的朋友害怕受到牽連，所以丟下了孟曉語給予的全部信任和依賴。

知道了這個過去，彭詩彥嚥下了告白的衝動，體貼的繼續用孟曉語渴望的友情去對待她，不再去煽動愛情那條線，他知道過度的接近只會讓她把自己推得更遠。退居朋友的角色，為他們兩人的關係帶來意想不到的發展，孟曉語放開了內心的束縛，不再對彭詩彥有所防備，找回了一些她曾經失去的開朗，這讓彭詩彥十分驚喜，甚至開始計畫著怎麼循序漸進的讓孟曉語知道自己的心意，但這個令人激動的計畫在不久之後便被狠狠打破。

遠在澳洲的父親打算把彭詩彥接到身邊去，他為了和父親溝通，急急忙忙的飛了過去，他承諾了孟曉語一個「期待」，他不想要這樣的期待落空，可是不管他怎麼努力，最後協調失敗，剩餘的只有一個學期，他得在短時間內告別所有朋友、告別他好不容易相信的愛情。

回國之後，他從跟周億賢的通話中得到了一句「笨蛋」，還沒來得及問清原因就被掛了電話，他唯一能想到的就只有跟孟曉語相關的事，他以為周億賢的責備來自於自己的不告而別，他很懊惱、很後悔，他不應該不說一聲就走，儘管有多緊急，他都不應該忘記孟曉語對自己深重的依賴和寄託在自己身上的安全感。所以他隔天瘋了似的尋找著不在家的孟曉語，繞了大半天才在書店裡找到她，彭詩彥故意測試著孟曉語對自己在乎的程度，原以為在她不語的笑意之中找到了令自己失望的答案，卻沒想到真正的答案才令人絕望。

「你不會再離開的，對吧？」

眼看著孟曉語拉著自己的手，聽著近乎央求的語氣，這時彭詩彥才知道，她並不怪罪自己不告而別，而是害怕自己消失無蹤，他很高興自己佔據著孟曉語心中這麼重要的地位，可對於孟曉語想要的承諾，自己卻給不了任何肯定的回覆。

新的學期到來，以看似司空見慣的打鬧開了場，殊不知這只是暴風雨前的平靜。一個轉學生的出現帶來了巨大的變故。彭詩彥無法忽略那一找到空閒就繞著孟曉語轉的黎子惟，更無法忽視不知道從哪裡開始的亂點鴛鴦，把黎子惟和孟曉語湊成對，這讓他感到十分不快。但讓他最最慌亂的，是原本應該害怕陌生人的孟曉語，對黎子惟的態度不如往常那樣的防備和冷漠，反而總是有意無意的觀察著，似乎很在乎黎子惟的一舉一動，彭詩彥其實看過很多次孟曉語注視著黎子惟的樣子，他不知道那眼神裡包含什麼意思，但黎子惟對他來說，已然成了最強勁的敵人。

「如果你是喜歡曉語才不准我靠近她的話，可以啊！但是她有在等的人，你知道嗎？」

籃球場上，彭詩彥受不了黎子惟和孟曉語搭話，內心累積已久的醋勁大發，可是得到的回應竟讓自己不知所措起來。他知道自己若是這樣大庭廣眾的承認了對孟曉語的感情，絕對會帶給她傷害，她萬分珍視與自己的友情，是那樣小心翼翼的不去打破，彭詩彥也想要守護，可情急之下，他卻用錯了方法。

下課鐘一響，他就立刻被周億賢給拉到角落，不由分說的被揍了一拳，重重的在心口上。

「你知道你做了什麼事嗎？你以為你剛才那樣是在保護她嗎？」

面對好友的指責，彭詩彥心中的委屈和怒火跟著湧了上來，卻無話可說。

周億賢看著眼前這個對心上人過度憂慮、保護的男孩，無奈的嘆了口氣。「你知道她在等的人是誰嗎？」

「誰……？」這就是彭詩彥在意的地方，他知道孟曉語喜歡自己，可這個當下他遲疑了。

「你回國那天，是曉語去接機的。」

周億賢的話猶如醍醐灌頂，彭詩彥想起在書店裡找到孟曉語的那天，她那張害怕自己再度離開的臉龐又浮現在腦海中，此時此刻他才真正明白，孟曉語害怕自己消失並不只是重視他們之間的友情，也不只是因為自己是她內心裡特別的存在，而是因為思念。那樣害怕陌生環境的她，竟然為了要見自己而千里迢迢的跑到機場，那種迫不及待的心情到底有多麼急切？撲了空的她，到底有多失落，失落到連曾經去過機場都不願意告訴自己？

回到教室裡看見孟曉語閃躲的眼神，彭詩彥這才發現真正傷害了她的，其實是自己。

藉著周億賢和桃于佳製造的機會，彭詩彥向孟曉語道了歉，心裡滿滿的愧疚卻沒有因為這短短的幾個字而獲得解脫，他知道現在的自己除了友誼之外什麼也給不了她，即使知道對方也喜歡著自己，但即將出國的事實就擺在眼前，告白了也不可能在一起的悲哀，自己又該怎麼面對？視愛情如奢望的孟曉語又怎麼承受得住？

所以他選擇永遠封鎖這個祕密，「朋友」這個身分是守護孟曉語最好的角色。

可是這個身分在不久之後就變得搖搖欲墜，甚至連彭詩彥自己都逼不得已的連這個角色都放棄掉。平凡快樂的日子過得並不長，一篇網路留言打破了原有的安逸，即使隱姓埋名使執筆來源顯得神祕，其中內容卻有非常明確的指涉，就像是針對孟曉語一樣使用女孩子的身分留下曖昧的言語。彭詩彥看著這一切，心裡既擔憂又氣憤，就算自己清楚知道不可能是孟曉語，但只有心證而沒有物證是沒辦法辯駁什麼的，人們通常都不在乎真相，他們只想要一個答案，這個答案是對是錯也一點都不重要，重要的是能夠拿來說嘴、消遣，就像在課本裡呆版的插圖補上幾筆，不會有人在乎原來的圖長什麼樣子，只會因為那一點點的加油添醋而得到某種樂趣，然而這一點對別人來說不起眼的樂趣就建立在孟曉語的痛苦之上。他們兩人的冷處理沒有顯著的效果，大部分的嘲諷都不自然的往孟曉語身上集中，這個現象讓彭詩彥只能往一個方向想去——

高亞如對於彭詩彥發現兇手是自己並不驚訝，反倒以此強勢的提出讓彭詩彥離開孟曉語並加入游泳社為不再惹是生非的交換條件，對她來說，只要是她想要的，就一定會無所不用其極的搶奪，直到得手為止。

「這對妳到底有什麼好處？就算妳這樣做，我也不會喜歡妳。」彭詩彥把話挑明了，但高亞如卻一臉不以為然。

「你當然可以不接受這個條件，只是孟曉語……」她笑了起來，美麗的臉龐變得扭曲。

彭詩彥清楚，這就是桃于佳一再警告自己的事情。人會因嫉妒而產生極端的思想行為，彭詩彥覺得自己一定是中了某種詛咒，才會讓身邊的人一再受傷，過去的桃于佳如此，現在的孟曉語也是如此。

他最後還是接受了這個條件，並把這個決定告訴了周億賢和桃于佳，希望他們保密。至於為什麼不告訴孟曉語，其實他曾幾度想要向她坦誠，但就算是他自己也看出自己的極限，他沒辦法在孟曉語身陷困境的時候立刻跳出來為她解圍，他總是在這樣的場面裡看見自己的膽小，反之黎子惟的勇氣凌駕於自己之上，他能夠更及時的為孟曉語擋下一切利箭，相對沒剩多少時間就得離開的自己，誰能更長久的陪伴著她，答案已經很明顯了。

長痛不如短痛，剛好藉此機會讓孟曉語忘記自己。即使掙扎，但孟曉語在彭詩彥心裡就是一塊淨土，他不容許她被任何事物玷汙，何況汙染源就是自己。他推開了她，狠下心解除了曾經一直細心呵護著的友情，自願退出她的世界，說著那些違心之論試圖讓她拋下一切留戀，不斷地用如刺般的謊言掩蓋自己的守護，眼睜睜看著她難過、憔悴、崩潰，彭詩彥內心絞疼得幾乎要死也咬緊牙根強迫自己忽略。

這是他最後唯一能為孟曉語做的事了，犧牲掉所有感情去換來她的安好，有點傻，但他並不在乎孟曉語的誤解，畢竟這就是他的目的，他覺得很值得，至少因為自己的退出，孟曉語有了新的圈子、新的夥伴，這樣他就可以很安心地帶著這些祕密遠走高飛。

若要說有什麼遺憾，那就只有沒辦法把自己的心意告訴孟曉語吧。所以他也拒絕了其他女孩的追求，苟延殘喘地為孟曉語保留著這份死心踏地的愛。

「白湘菱，不要做這種危險的事情，我不想你受傷。」面對眼前女孩的告白，彭詩彥沉重而認真的回覆道。

「我不怕。」

白湘菱一直都有過於常人的自信和積極心思，總認為只要努力就一定能有成果，但這份自信很快的就被撕個粉碎，就在舞台上的那一吻之後。

高亞如在台下妒火中燒，對於白湘菱忽視自己的威脅氣憤難耐，心裡起了可怕的念頭，即便彭詩彥再怎麼機警地請周億賢和桃于佳幫忙注意，仍然來不及阻止悲劇發生。

白湘菱被高亞如推下樓梯，身受重傷。彭詩彥明白一切都是因自己而起的，他很自責，甚至厭惡這樣無能為力的自己。愛情到底是什麼，值得這樣撲火？他想不通，卻不能倖免的深陷於其中。

「現在可以公開一切了吧？」埋下時空膠囊的時候，桃于佳看向彭詩彥那張蒼白的臉。

彭詩彥搖搖頭，遠遠的看著那早已不再注視自己的女孩，看她身邊圍著一群朋友，看她在那之中綻放的笑容，跟著輕輕一笑。「不用了，現在的她很幸福不是嗎？」

「那你呢？」

「我只要這樣就夠了。」

他要的，不過就是看見她幸福的樣子而已。

終章　我很幸福，你呢？

信的開頭被人用修正液塗改過，潦草的筆觸寫上了我的名字。

曉語：

妳過得還好嗎？對不起啊，這麼久才聯絡妳，我已經差不多習慣這裡的生活，也差不多整理好了心情，才敢提筆寫這封信。

放心，我很好，一點都沒有勉強自己。也許正是因為在這裡，我才有勇氣思考那些我曾經害怕過的事情。

我發現自己傻得透頂，妳一定也在心裡千遍、萬遍地責罵過我，可是我沒有什麼好後悔的，錯過了也就不再能奢求時間倒轉，這點道理我還是明白的。或許不管重來幾次，當站在一樣的時間點，我還是會做出一樣的選擇，因為勇氣來得太遲、遲得來不及去相信真正的情感沒有我想像中的脆弱。

到頭來我還是高估了自己承受傷害的能力，所以我的思念沒辦法飄洋過海找到歸宿，只能在我心裡無限的擴大、蔓延、灼燒。最後我學會了淡然。但至少在這裡，我能夠毫無顧忌的承認自己還喜歡著、還想念著，笑著向這裡的朋友們說我愛著的女孩在我心裡是怎樣無法抹滅的存在。

我相信一切都是值得的，即使痛還持續著，終有一天，彼此都會解脫的。

寫到這裡，我好像都在說自己的事，原諒我啊，這些我只能跟妳說了。我還會再寫信的，妳回信的時候，告訴我關於妳的事吧！

P.S. 有空幫我把時空膠囊挖出來吧，我想我當時的衝動已經不需要任何期望了。

——妳的朋友　詩彥

為什麼都要等到過了之後才能深刻體會到必須把握當下呢？明明這種道理誰都知道。

我曾經有過一些重逢畫面的幻想，偷偷練習過再會時該怎麼打招呼，也許這個轉角，也許那間便利商店，更也許家裡附近的公園、車站。當然也深知自己可能沒有機會與他再有任何交集，我明白，卻沒有停止想念他。

自從得知一切真相後，我曾無數次後悔自己的誤解和無可救藥的遲鈍，恨不得穿越過去扭轉當初，可是能有這般思緒，也是因為懂得詩彥的離開對我來說是一種愛，縱使我不願意這種愛建立在他的犧牲之上，而他還甘之如飴。

於是「彭詩彥」這三個字變成思念在我的世界盤旋，他颯爽的笑靨成了回憶裡最溫暖的畫面。因為他的釋懷，我才能原諒自己、才能放開自己，當初的愧疚滿溢成淚水，現在都能用微笑輕談。

我相信誰都沒有辦法在短時間內淡忘一切，可是我們都做過努力，即使沒辦法忘掉對方，也能夠隔著一片海洋為對方的幸福祈禱。

退出那間充滿回憶的音樂教室，我走到校舍後的角落，重新挖出那個裝有大家夢想的盒子，淡淡的鐵鏽味拂面而來。

原本裝滿瓶子的鐵盒，現在只剩下兩個，一個是我的，而另一個——

「……嗯？」當打開盒子時，我愣了一下。

「給　曉語」

熟悉的字跡在本來應該寫著姓名的標籤上，我想起那天在教室裡，詩彥把紙條塞進瓶子裡時心滿意足卻帶點苦澀的淺笑，心裡有些刺、有些酸。

雙手顫抖著打開那個給我的瓶子，抽出有些泛黃的紙條，小心翼翼地攤開……

很多話，需要勇氣卻總是帶著遺憾。紙條上短短的一句話映入眼簾，我笑著打開自己的瓶子，將兩張紙條放在一起，方才平靜的心湖，突然拂起一陣陣波紋。

詩彥，我很幸福，你呢？

後記　關於我、我們，和幸福

其實這部作品的寫作時間長達兩年，我用兩年的時間去解剖自己、分析自己、了解自己，發現自己是怎樣的安靜、怎樣的敏感、怎樣的多愁善感，再經歷一些不同的心理變化，學習怎麼從悲觀回到樂觀，最後沉澱所有創意、回憶、心意。

世間的道理其實很沒有道裡，這是我在寫這部小說時最深刻的體會，我們都是這樣跌跌撞撞地長大，難過也許不是長久的難過，只是成長的過程，就像生長痛，不是每個人都有的必經之路，卻是為了長得更高而經歷的痛苦，只不過我們或許比別人更痛、痛得更久罷了。不需要執著，過了，就好了。

就像曉語、就像詩彥，就像這個故事裡面每一個穿著制服的角色，每一個曾經的你我。

詩彥在一個不完整的家庭裡長大，父母的離異使得他不再相信愛情；曉語在長年的霸凌與背叛之下，同儕間不善的言語與目光讓她不敢奢望友情，何談友達以上的情感。他們都給自己畫了條界線，卻在不知不覺中相互吸引，當心裡正要跨越那條界線時，才發現那不只是條線，而是條橫溝，他們的勇氣都不夠，在懸崖邊膽怯，最後越退越遠，成了曾經交集過的兩條直線，短暫的美好之後漸行漸遠。

我們都有可能是他們當中的其中一個，我們也許不怕交朋友，也許憧憬愛情，可是我們也會害怕背叛，也會害怕分裂，在最需要勇氣的時候膽怯。長大之後回頭觀望當時的自己，我們會後悔、會遺憾，會笑從前的自己是如何膽小，可是當我們能夠後悔、能夠遺憾、能夠笑著回憶的時候，那就是成長了。

幸福，不是我們追不到，是我們的心看不看得到。它總是離我們不遠，不需要看得太複雜，因為幸福，本來就很簡單。

——給所有處於青春與曾經青春的你我

要青春21　PG1738

要有光
FIAT LUX

匿名告白

作　　者	竹　攸
責任編輯	辛秉學
圖文排版	周妤靜
封面設計	楊廣榕

出版策劃	要有光
發 行 人	宋政坤
法律顧問	毛國樑　律師
印製發行	秀威資訊科技股份有限公司 114台北市內湖區瑞光路76巷65號1樓 電話：+886-2-2796-3638　傳真：+886-2-2796-1377 http://www.showwe.com.tw
劃撥帳號	19563868　戶名：秀威資訊科技股份有限公司 讀者服務信箱：service@showwe.com.tw
展售門市	國家書店（松江門市） 104台北市中山區松江路209號1樓 電話：+886-2-2518-0207　傳真：+886-2-2518-0778
網路訂購	秀威網路書店：http://store.showwe.tw 國家網路書店：http://www.govbooks.com.tw
總 經 銷	聯合發行股份有限公司 231新北市新店區寶橋路235巷6弄6號4F 電話：+886-2-2917-8022　傳真：+886-2-2915-6275

出版日期	2017年11月　BOD一版
定　　價	320元

Printed in Taiwan

國家圖書館出版品預行編目

匿名告白 / 竹攸著. -- 一版. -- 臺北市 : 要有光, 2017.11

面； 公分

BOD版

ISBN 978-986-95365-2-3(平裝)

857.7 106015250

讀者回函卡

感謝您購買本書，為提升服務品質，請填妥以下資料，將讀者回函卡直接寄回或傳真本公司，收到您的寶貴意見後，我們會收藏記錄及檢討，謝謝！
如您需要了解本公司最新出版書目、購書優惠或企劃活動，歡迎您上網查詢或下載相關資料：http:// www.showwe.com.tw

您購買的書名：________________________________

出生日期：________年________月________日

學歷：□高中（含）以下　□大專　□研究所（含）以上

職業：□製造業　□金融業　□資訊業　□軍警　□傳播業　□自由業
　　　□服務業　□公務員　□教職　□學生　□家管　□其它____

購書地點：□網路書店　□實體書店　□書展　□郵購　□贈閱　□其他

您從何得知本書的消息？
　□網路書店　□實體書店　□網路搜尋　□電子報　□書訊　□雜誌
　□傳播媒體　□親友推薦　□網站推薦　□部落格　□其他________

您對本書的評價：（請填代號　1.非常滿意　2.滿意　3.尚可　4.再改進）
　封面設計____　版面編排____　內容____　文／譯筆____　價格____

讀完書後您覺得：
　□很有收穫　□有收穫　□收穫不多　□沒收穫

對我們的建議：________________________________

____

____

____

請貼
郵票

11466
台北市内湖區瑞光路 76 巷 65 號 1 樓
秀威資訊科技股份有限公司 收
BOD 數位出版事業部

....

（請沿線對折寄回，謝謝！）

姓　　名：________________　年齡：________　性別：□女　□男

郵遞區號：□□□□□

地　　址：____

聯絡電話：(日) ________________ (夜) ________________

E-mail：____